www.mayabooks.co.kr

www.mayabooks.co.kr

광전사가 죽지 않아!

광전사가 죽지 않아!
(완결) ⑪

지은이 | 누워서보자
펴낸이 | 권순남
펴낸곳 | (주)마야 · 마루출판사

등록 | 2008. 1. 7(제310-2008-00001호)

초판 인쇄 | 2019. 12. 16
초판 발행 | 2019. 12. 19

주소 | 서울시 노원구 상계 1동 1049-25 신영산업 BD 602호
대표전화 | 02-2091-0291
팩스 | 02-2091-0290
이메일 | marubooks@hanmail.net

ISBN | 978-89-280-9326-7(세트) / 978-89-280-7644-4
정가 | 8,000원

잘못된 책은 교환하여 드립니다.
저자와 협의하여 인지를 붙이지 않습니다.

「이 도서의 국립중앙도서관 출판시도서목록(CIP)은 서지정보유통지원시스템 홈페이지(http://seoji.nl.go.kr)와 국가자료공동목록시스템(http://www.nl.go.kr/kolisnet)에서 이용하실 수 있습니다.」
(CIP제어번호:CIP2019050720)

광전사가 죽지 않아! 11

[완결]

MAYA&MARU GAME FANTASY STORY

누워서보자 게임 판타지 장편소설

마야&마루

✦ 목 차 ✦

Chapter 1 ⋯007

Chapter 2 ⋯061

Chapter 3 ⋯127

Chapter 4 ⋯195

Chapter 5 ⋯261

광전사가 죽지 않아!

Chapter 1

세계수가 무너지고 이틀이 지났다.

펜릴과 요르문간드는 나를 찾아오지 않았다.

살아남았는데 못 찾아오는 걸 수도 있었다.

지금 나는 신들을 피해 도주 중이었다.

하루 종일 로그아웃하고 있어도 되겠지만, 무슨 이벤트가 발생할지 모르는 시기에 그런 짓은 할 수 없었다.

"잘 탄다."

수르트는 쓰러진 이그드라실을 잿더미로 만들고 함께 산화했다.

니드호그는 지금도 대륙을 돌아다니고 있었다.

그것도 꽤 난폭하게.

목표를 제 손으로 망가트리지 못한 게 한이 된 모양이었다.

"보상 같은 건 따로 없나?"

아스가르드의 퀘스트는 지문 없이 진행된다.

"분명 뭔가를 받을 수 있을 텐데."

그러려면 나와 얽힌 이를 찾아야 하는데, 도저히 그럴 수 있는 상황이 아니었다.

이렇게 불친절한 게임이라니.

나는 슬쩍 바깥 상황을 확인했다.

근처를 배회하던 발키리 하나가 사라졌다.

죽일 수 있다면 그러는 게 좋겠지만, 안타깝게도 갓킬러를 못 쓰는 이상 발키리 하나 쓰러트리지 못했다.

갓킬러를 쓰지 못하는 이유는 단순히 눈에 잘 띄기 때문이었다.

"가 보자."

후드를 뒤집어쓰고 밖으로 나왔다.

일단 요툰헤임부터 가 볼 생각이었다.

서리 거인 군단이 어떻게 됐는지는 모르겠지만, 우트가르트 로키라면 제 한 몸 빼서 그곳으로 도망쳤을 것이다.

"알딘 님이시죠?"

그 순간이었다.

아무런 기척도 없이 누군가 내 뒤를 잡았다.

나는 섣불리 뒤를 돌기보다는 이곳까지 날 추격해 올 수 있는 유저들을 떠올렸다.

'없는데?'

제로스가 그나마 내 뒤를 바짝 쫓고 있지만, 레벨에서 이미 한참 앞선 지 오래였다.

슬그머니 뒤를 보았다.

그곳엔 예상도 못한 인물이 피곤한 얼굴로 서 있었다.

"운영자?"

"운영자 N입니다. 이번 건 때문에 이렇게 앞에 나서게 됐습니다."

이번 건이라는 것은 라그나로크를 말하는 게 분명했다.

"운영진 측에서 왜……?"

그들은 유저가 불법적인 행위로 게임을 어지럽히지 않는 이상 움직이지 않았다.

가장 최근에 모습을 드러낸 게 게임 초기, 버그 플레이어 사태였다.

그 이후로는 어디서도 발견됐단 소리를 못 들었다.

"설마 제가 벌인 일 때문에 온 겁니까?"

"맞습니다."

맞다는 걸 보면 설마 나를 제재하겠다는 얘기인가?

엄청난 일을 벌이긴 했지만, 그 과정에서 그 어떤 불법적인 행위를 하지 않았다.

"메탈리즘사는 분명 유저에게 간섭하지 못할 텐데요?"

"아, 어쩐지. 오해하신 모양이군요."

"오해?"

"알딘 님을 제재하려고 온 게 아닙니다. 상황이 좀… 복잡해지긴 했지만, 보상을 위해 왔습니다."

"보상요?"

"예. 하아……! 뭐 그런 겁니다."

한숨 한번 길게 쉰다.

딱 꼴을 보아하니 내가 일으킨 사건 덕분에 상당히 일을 많이 한 모양이었다.

나도 눈치는 있어 재촉은 하지 않았다.

"이번 사태가 너무 막대해서……. 저희 측에서 좀 오래 회의를 했습니다. 한 24시간 정도요."

"그, 그렇군요."

"네. 정말 힘들어 죽는 줄 알았습니다."

살다 살다 운영자가 유저한테 자신의 고통을 피력하는 꼴을 보다니.

"아스가르드의 퀘스트는 시스템 없이 진행되는 콘셉트입니다. 그러니 무엇이 진행됐는지도 모르시겠죠."

"그런가요?"

"그래서 엔딩이 꽤 여러 개 있는데, 이것도 그중 하나긴 합니다만."

운영자는 탐탁지 않은 얼굴로 주변을 둘러봤다.

온통 폐허였다.

저 멀리 그림처럼 까맣게 타 버린 세계수는 마치 디스토피아적 분위기를 연출했다.

"지금 시기에 나올 거라곤 전혀 예상 못했거든요."

현재 내 레벨은 600레벨에 막 오른 참이다.

반면 지금까지 이곳에서 겪은 괴물들의 레벨은 팔구백, 높으면 1천도 넘어갔다.

요르문간드나 펜릴, 비슷한 수준의 신들은 '???'로 표시될 정도니 감히 예측 불가능이었다.

못해도 팔왕급 전력은 확보해야 시도할 수 있을 것이다.

"뭘 드릴까 고민하다가, 역시 지금 레벨대에 사용할 수 있는 아이템이 좋겠단 판단이 들었습니다."

"원래 적정 레벨이 어느 정도인데요?"

"최소 900레벨이요."

"그럼 제가 너무 손해 아닙니까? 희소성이라는 게 있는 법인데, 지금 레벨대 받으면 저로선 그리 좋지 않은데요."

"그것도 감안했습니다. 액세서리이기도 하고, 일단 '신화급'입니다."

그러면 얘기가 달라졌다.

"받으시죠."

운영자가 손을 뻗자 황금빛 휘광이 뿜어져 나왔다.

찰그락-

얇은 선이 그의 손가락에 걸려 떨어졌다.

"목걸입니다."

운영진 측에서 준비한 보상은 바로 신화급 목걸이였다!

액세서리는 구하기 어렵다.

등급이 높으면 더 구하기 어렵다.

"확인해 보시죠."

목걸이를 건네받고 바로 상태창을 열었다.

나는 히죽 웃을 수밖에 없었다.

"개좋네."

[세계수의 정수]

레벨:600 이상

등급:신화

직업:마족 계열 사용 불가

공격력:5,200~9,450(성장 가능)

내구도:∞

모든 능력치 +500

착용 시 모든 아군 상태 이상 50퍼센트 면역

착용 시 모든 아군 방어력 150퍼센트 증가

모든 속성 저항력 200퍼센트 증가

특정 속성 관련 스탯 증가 아이템 장착 시 효과 200퍼센트 증가

특성 속성 공격력 관련 아이템 장착 시 효과 150퍼센트 증가

특정 속성 방어력 관련 아이템 장착 시 효과 150퍼센트 증가

탁한 기운(마기, 사기)에 대한 완전한 면역

특수 효과:세계수의 영역(초월), 만능 치유(초월), 대모

의 자비(초월)

특징:만물의 어머니, 세계수 이그드라실의 정수 일부를 조각해 만든 위대한 예술품이다.

역대급이다.

운영자는 할 일이 많다며 그대로 사라졌다.
나는 목걸이를 착용한 채 싱글벙글 웃었다.
몸 주변으로 녹색 기운이 은은하게 흐르는 이펙트가 발생했다.
당연히 이펙트는 껐다.
괜히 눈에 띄게 다닐 필요는 없으니까.
"이곳에서 당분간은 뭘 할 수 없을 것 같으니까 돌아가자."
일을 벌일 대로 벌여 놓고 튀는 것 같아 살짝 양심의 가책이 느껴졌지만 어쩌겠는가.
나도 내 할 일 해야지.
"흠, 근데 펜릴이 죽었으면 어떡하지?"
나는 펜릴에게 두 번 도와주겠단 약속을 받았다.
한데 나타나지 않는 걸 보면.
"하나 써 보고, 나타나면 하나 더 달라고 하자."
양아치 같은 발상이지만, 펜릴도 내게 많은 도움을 받았으니 이 정도는 수긍해 줄 것이다.

"펜릴 소환."

펜릴과 연결된 단말에 빛이 들어왔다.

허공에 커다란 마법진이 소환되더니, 쿠르릉 하고 번개가 휘몰아치기 시작했다.

"쿨럭!"

그곳에서 인간형 모습을 한 펜릴이 튀어나왔다.

그는 고통스럽게 바닥을 뒹굴었는데, 입술이 살짝 찢긴 상처가 있었다.

펜릴은 거친 숨을 몰아쉬다 나를 발견하고 말했다.

"허억, 허억! 네가 아니었다면 죽을 뻔했다."

"무슨 일이었는데요?"

"조금만, 조금만 쉬고."

그는 식은땀을 흘릴 정도로 지쳐 있었다.

'한번 써 보자.'

펜릴에게 다가가 손을 내밀었다.

[만능 치유]

신화급 목걸이 세계수의 정수가 가진 치유 스킬!

진한 녹빛의 기운이 반짝반짝 빛나며 펜릴을 휘감았다.

곳곳에 난 상처들이 빠른 속도로 치료되기 시작했다.

구원의 신력보다 효과가 좋았다.

마력도 거의 사용되지 않는 걸 보니 정신 나간 수준의 치유 스킬이었다.

'힐러 랭킹 1위도 이 정도는 못하겠는데?'

내가 감탄하고 있을 때 펜릴이 눈을 부릅떴다.

그는 벌떡 일어나 다급히 주변을 둘러보곤 안도의 한숨을 쉬었다.

"후우, 그 자식은 없군."

"무슨 일인데요?"

펜릴은 지난 이틀 동안 있었던 일을 상세하게 설명했다.

그러니까 쉽게 말해 오딘을 죽인 직후 수많은 신과 전투하며 엄청난 위기에 몰렸다.

그러다 말도 안 되는 신발을 신고 나타난 비다르가 그의 주둥이를 위아래로 찢어 버리려고 했단다.

그때 내가 펜릴을 소환한 것이다.

"저 아니었으면 진짜 숙을 뺀했군요?"

"그래. 넌 내 생명의 은인이다."

"하하! 말로만?"

"뭐?"

"말로만 은인?"

"……"

미안하지만, 난 말로 때우는 사람을 세상에서 제일 싫어했다.

"다섯 번. 아니, 열 번! 제 부름에 응답해 주세요. 목숨값에 비하면 싸다!"

펜릴이 인상을 구겼지만, 은혜를 알기에 결국 수락할 수밖에 없었다.

'그날'을 위한 안배가 또 추가되었다.

펜릴을 뒤로하고 나는 마마야루로 돌아갈 준비를 끝냈다.

나를 추적해 오는 신들은 펜릴이 막아 주겠다고 했다.

만전의 상태인 그라면 무슨 신발인진 몰라도 비다르한테 밀리진 않으리라.

"이곳도 빠이다! 빠이!"

바닷속으로 시원하게 뛰어들었다.

환한 빛이 나를 덮쳤고, 정신을 차렸을 때 나는 첨탑의 꼭대기였다.

그리고 꽤 많은 세월이 흘렀다.

5년이란 시간이 흘렀다.

마마야루 대륙은 불타고, 마족들이 균열을 통해 마구잡이로 넘어왔다.

많은 유저가 마족에 의해 사망했고, 길드들은 감당하지 못하고 끝없이 후퇴했다.

팔왕 중 둘이 상위 마족에게 죽임을 당했다.

그중 사왕도 있었다.

타 차원의 침략으로 전란의 시대가 도래했다.

나는 그 중심에서 마족과 맞섰다.
"이거 어떻게 해야 돼? 왕성이 벌써 라그네스 후작한테 함락됐어."
"뭘 어떻게 해? 되찾아야지."
"그게 쉽냐 이 말이지."
'울트론'의 길드장 메제스는 한숨을 내쉬었다.
이젠 세계 10대 길드에서도 '울트론'은 마마야루 사수를 위해 고군분투하고 있었지만 쉽지 않았다.
그 외에도 한때 '둠스데이' 토벌을 위해 모였던 길드 역시 내 밑에서 또 한 번 힘을 발휘하고 있었다.
나는 심각한 얼굴로 상황을 보고받다 입을 열었다.
"내가 간다."
"너 혼자?"
"나 혼자가 제일 편해."
"그건 그렇지만. 괜찮겠냐?"
"내가 아니면 누가 하리?"
맞는 말이었기에 메제스는 입을 꽉 다물었다.
5년 전.
아스가르드 사건이 끝나고부터 마족이 침공해 오기 전까지.
나는 많은 안배를 준비했다.
바로 오늘을 위해서.
정확히는 마족 침공을 대비해서.

겪어 보지 않은 미래라 얼마나 효과가 있을지 모르겠지만 최선을 다했다.

오늘 그 안배를 처음 선보이는 날이다.

목표는 마계 후작 라그네스.

백작 이상부턴 거의 신적 존재라고 봐도 무방하다.

하지만 상관없었다.

나 역시 신이 되었으니까.

"바로 간다."

거칠 것 없이 움직였다.

몸이 빛과 어둠, 구원의 신력과 뇌전의 신력으로 뒤덮였다.

모든 힘이 이젠 자유자재였다.

"참, 제로스랑 셰인한테 각각 동쪽, 남쪽을 맡으라고 해."

셰인은 소천마의 길드장으로 현재 나, 제로스와 함께 3강으로 불리고 있었다.

상황이 상황인지라 제로스와도 같이 움직이게 되었다.

메제스는 떨떠름한 얼굴로 대답했다.

"제로스는 불편한데……. 알겠어."

"고맙다."

그 말을 남기며 휙 사라졌다.

혼자 남은 메제스는 볼을 긁적이며 누군가에게 연락을 걸었다.

(어떻게 됐어?)

여자 목소리였다.

"혼자 간단다."
(하아.)
깊은 한숨 소리였다.
(그럴 줄 알았어. 수고해!)
"너도 무리하지 말고, 스네이크."
통화 상대는 랭커 스네이크였다.
현재는 알딘의 여자 친구로, 듣기로 내년 봄에 식을 올린단다.
메제스는 자신의 빡빡머리를 문지르며 중얼거렸다.
"나도 결혼이나 하고 싶다."
바깥은 불바다였지만, 왠지 감성에 젖고 싶은 날이었다.

✢ ✢ ✢

홀리 가디언이 런칭한 지 이제 8년.
많은 스토리가 진행됐고, 많은 사건이 있었으며, 많은 유저가 게임을 시작하고, 많은 유저가 게임을 접었다.
그럼에도 남은 유저는 떠난 유저보다 월등히 많았다.
그러나 그것도 한 사건을 기점으로 크게 흔들리기 시작했다.

마계 출현.

8년 동안 유저들은 많은 성장을 이루었다.

최정상 유저들은 순수 신격을 얻었고, 천 레벨을 돌파한 유저들도 심심찮게 보였다.

마계의 귀족이라 해도 충분히 레이드가 가능했다.

적어도 백작까지는.

후작부터는 얘기가 달라졌다.

더 위인 공작 이상의 출현은 유저들을 절망에 빠트렸다.

마마야루 대륙의 남부와 서부가 정복당했다.

공작 하론카델의 군대가 끝도 없이 북상했다.

그 최전선엔 후작 라그네스가 있었다.

그는 한때 대륙 남부를 지배하던 왕국 파스톤을 침공해 왕좌를 빼앗았다.

보금자리를 잃은 유저들은 오갈 데 없이 방황했다.

곳곳엔 마족들이 돌아다니고, 소란이라도 나는 날엔 기사급 마족들이 대거 출현해 유저를 고통스럽게 만들었다.

그렇게 떠나갔다.

수백 개의 길드가 해체됐고, 수백만의 유저가 증발했다.

그중 많은 이가 사건이 해결된다면 돌아오겠지만.

'절망적인 상황이지.'

나는 파스톤 왕성 성벽 위에 올라 마족으로 범벅된 내성을 보고 있었다.

거대한 내궁 안에 마계 후작 라그네스가 있다.

하론카델의 오른팔로, 더 위로 올라가 보자면 '칠흑의 마왕'이 놈의 배후다.

즉, 마마야루 대륙을 침공한 마왕은 바로 칠흑이었다.

그것이 뜻하는 바는 하나였다.

"창식이 새끼, 머리 좀 컸다고 바로 통수를 친단 말이지?"

칠흑의 권속이자 차기 마왕 후보로 널리 알려진 유저 타가스기, 즉 창식이의 배신이었다.

녀석의 입장은 이해했다.

배신할 생각이 없더라도, 녀석이 마계에서 발붙여 살려면 유저들과 등을 돌려야만 한다.

'형, 미안해요.'

진심인지 모르겠지만, 적이도 마지막에 연락을 했다는 건 어느 정도 죄책감을 느끼고 있다고 봐도 무관할 터.

"녀석은 나중에 생각하고. 일단 여기 새끼들부터 몰아내자고."

이날을 위해 많은 준비를 했다.

하지만.

후작이 상대라면 굳이 준비한 것들을 쓸 필요도 없었다.

나는 '악신의 파편'을 뽑아 들었다.

새까만 검신은 그대로였지만, 외관은 끊임없는 진화를 통해 상당히 멋들어지게 변해 있었다.

-뭐야? 사냥 시간인가?

그리고 말도 할 수 있게 되었다.

한 2년 전이었나.

정확히는 기억 안 나지만, 그때부터 에고 소드가 되어 꽤 시끄럽게 조잘대었다.

"오냐."

-크히히히히! 이번에도 마족? 마족의 피는 아주 맛이 좋은데. 괜찮은 걸 준비했군, 주인!

"닥쳐, 제발."

-가자고! 가자고, 어서!

"제발 닥쳐."

새로 검을 하나 구하든지 해야지.

검집에서만 나오면 매번 이 지랄이다.

나는 한숨을 내쉬며 성벽 밑으로 뛰어내렸다.

어둠으로 변한 상태로 소리 따윈 들리지 않았고, 그림자에 가려져 누구도 눈치채지 못했다.

그렇게 하나둘 마족을 베어, 베어 내성 안으로 진입했다.

철그럭거리는 소리가 커졌다.

-오우! 기사까지? 빨리빨리 먹어 치우자고, 파트너!

주인이든, 파트너든 하나만 하자.

나는 성안을 돌아다니는 마족 기사의 수를 파악했다.

기사의 레벨은 700레벨 정도.

지금 내겐 별로 어렵지 않은 몬스터에 불과했다.

어둠 상태를 풀었다.

성 초입부에서 내가 모습을 드러내자 주변 기사들이 화들짝 놀랐다.
"치, 침입자다!"
"어떻게 들어왔지?"
"잡아!"
"생포해!"
"아니면 죽여!"
기사답지 않은 천박함은 마족의 전유물이었다.
-가소롭구만! 크히히!
"누가 보면 네가 싸우는 줄 알겠다?"
왼팔을 들었다.
하얀빛이 입자처럼 분사되어 뿜어져 나왔다.
"근데 뭐, 가소롭다는 말엔 동의."
-어, 보감!
빛이 폭사되었다.
몰려오던 마족 기사가 일제히 소멸했다.
단 한 방.
특별한 힘을 쓴 것도 아니었다.
나는 무덤덤하게 앞으로 걸어 나갔다.
-아니, 그렇게 죽이면 내가 피를 못 먹잖아?
"애초에 먹는다는 개념도 없는 새끼가 무슨."
-말이 심하신데요?
"귀 딱지 앉을 것 같으니까 그만 떠들어, 제발. 그러다 칼

빵 맞으면 어쩔래?"

-네 몸에 날붙이가 박히긴 하냐?

그 말에 피식 웃었다.

궁전과 이어진 대문을 한 손으로 밀었다.

끼이익-

시끄러운 쇳소리가 장내에 울려 퍼졌다.

그 안에 대기하고 있던 모든 귀족이 내 쪽으로 돌아봤다.

그 끝에 있는 왕좌에 창백한 인상의 미남이 비릿하게 웃으며 앉아 있었다.

후작 라그네스였다.

"모험가인가?"

"시끄럽고. 우리가 너무 열세라 이곳은 빨리 받아 가야겠거든?"

"후후후! 이곳에 혼자 쳐들어온 배짱은 좋다만. 아이들아?"

귀족들의 눈이 일제히 붉게 빛났다.

모두가 라그네스의 권족.

즉, 흡혈귀 일족이란 얘기다.

귀족들의 몸이 검은 재 가루처럼 흩날리더니, 수백 마리의 박쥐가 허공을 뒤덮었다.

"따까리들은 좀 치우고."

-간다, 간다, 뿡간다잇!

"머리끼리 싸우자고. 귀찮게 하지 말고."

빛과 어둠이 충돌했다.

라그네스가 급히 망토를 펼쳐 몸을 가렸다.

박쥐들이 떼거리로 소멸했다.

살아남은 귀족들은 본래 모습으로 돌아옴과 동시에 바닥에 처박혔다.

[어둠 파먹기]

검을 일직선으로 내리그었다.

무소음의 어둠이 칼날이 되어 전방으로 쏘아졌다.

라그네스는 휘리릭 소리가 날 정도로 요란하게 몸을 옆으로 피했다.

귀족들이 날카로운 엄니를 자랑하며 쏘아져 왔다.

[이퀼리브리엄(Equilibrium)]

사방으로 산란하던 빛과 어둠이 한데 뭉쳐 구체가 되더니, 절반씩 균형을 이루었다.

[디스로케이트(Dislocate)]

텅-!

균형을 이룬 구체가 일그러졌다.

그리고 대각선으로 서서히 갈라지기 시작했다.

번쩍!

몰려오던 귀족들이 눈을 감았다.

그것이 그들의 최후였다.

"백작 이하로는 의미 없어."

라그네스가 어처구니없는 얼굴로 나를 보았다.

"네놈, 모험가 중에서도 '천외천'이라 불리는 그 녀석이었구나?"

혼자 전장에 나타나 마족들을 몰살시킨다는 괴물 모험가.

마계군 사령관 중 하나인 라그네스가 모를 리 없었다.

그의 손에 죽은 백작 이상의 귀족이 대체 몇이던가?

상관인 공작 하론카델은 그에게 직접 조심하라 이르기까지 할 정도였다.

"크크큭! 너무 시시하긴 했다. 끝없이 강해진다는 모험가란 족속들은 소문에 비해 나약했고, 당연한 말이지만 기존의 인간들은 별 볼 일 없었다. 천외천이라 불리는 너라면, 분명 나를 만족시켜 줄 테지!"

라그네스가 오른손에 검은 채찍을 만들어 휘둘렀다.

쇄애애액-

무서운 소리였다.

스치지도 않았건만 날아오며 발생하는 바람에 주변 기물이 파괴됐다.

-후작은 후작인가 봐?

"그래 봐야 후작이라는 말이 맞겠지."

-크히히히!

검은 채찍이 바로 옆까지 도달했다.

손을 뻗었다.

라그네스의 눈이 커졌다.

콰직-!

붙잡은 채찍을 아귀힘으로 흩어 버렸다.

손바닥이 살짝 아려 왔다.

붉게 번진 것이, 위력이 제법 살아 있었다.

"너… 어, 어떻게?"

손바닥 상처가 거짓말처럼 사라진다.

"이것밖에 안 되는 거면 실망인데."

많은 길드와 유저가 라그네스란 벽을 넘지 못했다.

후작 중에서도 발군이란 얘길 들어 나름 긴장도 했다.

아주 약간이기는 했지만.

"이제 내 차례?"

"닥쳐어어어!"

라그네스가 수많은 박쥐로 나뉘어 허공으로 날아올랐다.

박쥐들이 입을 벌리자, 아까와 같은 검은 채찍이 일직선으로 쏘아졌다.

"혼자서만 하는 건 너무 양아치 짓이야."

-인정, 또 인정!

"이번엔 내 차례라고."

마족한텐 신력이 치명적이고, 그중에서도 선(善)의 신력이라면 천적이나 다름없다.

나는 그런 신력을 무려 두 개나 손에 쥐고 있었다.

[구원의 신력 전력 개방]

예전과는 비교도 할 수 없는 녹빛의 신력이 폭포처럼 쏟아졌다.

동시에 오델론의 빛도 함께 쏟아졌다.

"내가 많이 바쁘거든?"

이 정도가 후작의 한계라면, 공작부턴 무시할 수 없다.

"그러니까 빨리 정리하고 집 가서 좀 쉬어야겠어."

"이익!"

[점멸]

후작이 고개를 뒤로 급히 뺐다.

쇄애애액- 검은 궤적이 아주 미세하게 스쳐 지나갔다.

피할 줄은 몰랐다.

벽을 밟고 라그네스의 동선을 파악했다.

빛은 그 무엇보다 빠르다.

홀리 가디언이 아무리 대단해도 빛의 속도까지 구현하진 못했다.

그걸 감안해도 생물체라면 반응할 수 없는 속도였다.

내 몸이 빛에 물들었다.

빛 가루가 되어 퍽 하고 꺼졌다.

"커억-!"

가장 먼저 나온 건 다리였다.

라그네스의 배를 움푹 집어넣을 정도로 힘껏 때렸다.

박쥐 폼이 풀리며 바닥에 처박혔다.

나는 본래 모습으로 돌아왔다가 다시 빛이 되어 움직였다.

이번엔 주먹부터.

"끄악!"

"속도는 중량. 피할 수 있겠냐?"

나는 고전이나 다름없는 노란 원숭이의 대사를 읊으며 라그네스의 얼굴을 짓눌렀다.

"빌어먹을!"

"튼튼하긴 하네?"

-나를 쑤셔 박아!

굳이 따르지 않을 이유가 없어 역으로 세운 악신의 파편을 놈의 어깨에 찔러 넣었다.

그보다 라그네스가 빨랐다.

사사삭!

마기의 입자가 되어 내게서 벗어난 것이다.

-늦었잖아!

"안 늦었어."

"감히 위대한 대마계의 후작을 능멸하려 들다니! 곱게는 죽지 못하리라."

멀찍이 거리를 벌린 라그네스는 도망치려는 악당의 대사를 읊더니, 예상대로 몸을 돌려 달아나기 시작했다.

"못 도망친다니까."

팟-!

눈앞이 새하얀 빛으로 물들었다.

그 속에서 나는 악신의 파편을 양손으로 쥐고 단두대의 칼날처럼 떨어트렸다.

"……!"

빛이 사라졌다.

라그네스는 이해할 수 없다는 눈으로 나를 보았다.

그렇게 머리가 아래로 떨어졌고, 몸뚱이는 한 템포 늦게 추락했다.

"이곳은 알딘. 후작 라그네스의 목을 따는 데 성공했다."

☦ ☦ ☦

라그네스를 죽였다는 소식이 모든 유저에게 알려졌다.

연합 길드가 군대를 이끌고 잔당을 소탕했다.

잔당이라 해도 강력한 마족이 많아 고전을 면치 못했다.

이것이 현 홀리 가디언의 상황이었다.

나는 왕좌에서 조금 쉬고 있었다.

"후우! 혼자서 날뛰려니 꽤 피곤한데."

-대부분 힘으로 해결했으면서 뭐가 피곤해?

"내 손에 편하게 들리면서 움직이는 주제에 어디서 피곤을 논하는 거냐?"

-결국 적을 죽이는 건 나거든.

"그럼 오늘부터 널 안 쓸란다."

-자, 장난이지. 하하하하!

악신의 파편과의 대화는 보통 이런 식이었다.

신화 시절 천계의 신들을 괴롭힌 악신 아포피스의 화신이라기엔 너무 가벼운 성격이었다.

그래서 편하긴 하지만, 반대로 그래서 짜증 나는 것도 많왔다.

"천계 새끼들은 꼼짝도 안 하네."

대륙이 이 꼴이 났는데도 천계의 엉덩이 무거우신 양반들은 요지부동이다.

그나마 팔왕이 있어 다행이었다.

특히 팔왕 중 최강인 투왕은 마족의 영역을 돌아다니며 모조리 쓸어버리고 있단다.

친분이 있는 창왕은 내게 협력해 작전권을 도맡고 있었고, 흑왕 역시 마찬가지였다.

다른 팔왕은 잘 모르겠다.

어디서 움직이곤 있다는데, 나와 엮인 건 아니라서.

「자기!」

멍하니 있을 때 스네이크한테 메시지가 날아왔다.

대답도 귀찮아 바로 통화를 걸었다.

"여보세요?"

(자기 또 혼자 그런 위험한 데 간 거야?)

"누군가는 해야 하는 일이니까."

(으휴! 하긴, 자기 아니면 또 누가 마족군을 단독으로 일망타진하겠어.)

"그쪽은 어떤데."

현재 스네이크는 서부에서 몰려오는 마족군을 막아 내고 있었다.

그곳에 최상위 랭커 다섯이 있으니, 쉽게 밀리진 않을 것이다.

 (소강상태야. 저쪽도 밀기 힘들다는 걸 깨달았거든. 그렇다고 반격하기엔 여유가 없어.)

 "일단 알겠어."

 (히잉! 자기 보고 싶어~)

 스네이크와는 2년 전부터 만나기 시작했다.

 그녀의 끊임없는 구애가 있기도 했고, 그러다 보니 자연스럽게 마음이 가 정신 차려 보니 연애를 하게 되었다.

 내년에는 무려 결혼까지 한다.

 세계로부터 인정받은 유명 패션 브랜드의 장녀와 말이다.

 "상황이 조금 괜찮아지면 맛있는 거 먹으러 가자."

 (흐흐! 알았엉.)

 스네이크가 이렇게 애교가 많은 줄 연애하기 전엔 몰랐다.

 나는 피식 웃으며 자리에서 일어났다.

 슬슬 길드 연합이 이곳까지 들이닥칠 테니 더 이상 이곳에 있을 이유가 없다.

 "알아서 잘하겠지."

 <u>끄으으으!</u>

 기지개를 한 번 켜고 그대로 왕성에서 벗어났다.

 곧 길드 연합이 내성에 진입해 궁전까지 완벽히 되찾는 데 성공했다.

 모두 알딘의 공이었다.

✟ ✟ ✟

 에픽 클래스, 용사의 주인인 가이덴은 치열하게 마족과 접전을 벌이고 있었다.

 그는 현 메인 스트림의 주인공 격 인물이었다.

 그리고 그 옆엔 또 다른 주인공 격 클래스인 세인트 오더, 아이리스가 가이덴에게 끊임없이 힐과 버프를 주고 있었다.

 아이리스가 다급한 목소리로 외쳤다.

 "뒤에서도 몰려오고 있어요!"

 그녀는 울상을 지으며 빛의 장막으로 몬스터들을 막았지만, 결국 시간벌이에 불과했다.

 가이덴은 틱 끝까지 숨이 차올라 정신을 잃을 것 같았다.

 "젠장, 젠장! 빌어먹으으으으을!"

 하늘에서 거대한 금빛의 검이 나타났다.

 "모두 죽으라고오오오!"

 검이 거꾸로 돌더니, 그대로 마족들을 향해 떨어졌다.

 콰아앙!

 흙의 파도가 사방으로 튀어 올라 주변 마족들에게 스플래쉬 데미지를 입혔다.

 그래도 마족의 수는 거의 줄지 않았다.

 가이덴과 아이리스가 등을 맞댔다.

 "후, 이거… 못 막겠는……. 쿨럭, 큭! 못 막겠는데?"

지친 걸 넘어 숨이 막혀 말도 제대로 안 나온다.

아이리스는 피와 땀이 뒤섞여 하얗던 얼굴이 지저분해져 있었다.

"알딘 님한텐 연락이 없어요?"

"와도 확인할 시간이, 어디, 있! 어!"

가이덴은 3미터는 되는 거대 마족의 공격을 받아 내고, 역으로 공격해 숨통을 끊었다.

"병사 수도 엄청 줄었어요."

"커헉! 으… 젠장! 목에서 피 맛이 느껴지는데."

"치료는 완벽히 했는데?"

"젠장! 오지 마, 이 색기들아!"

가이덴이 성검을 열심히 휘둘렀다.

천공에 황금빛 검을 대거 소환해 비처럼 쏟아붓기도 했다.

"쉬불."

"구원 병력은 없나 봐요."

가이덴도 아이리스도 모두 포기한 얼굴이 되었다.

멀리서 수십 미터는 되어 보이는 초거대 마족이 나타났다.

"하아! 진짜."

난이도가 너무 부당하다.

이건 유저들이 이길 수 있는 싸움이 아니다.

다른 에픽 클래스 놈들은 어디 갔는지 코빼기도 보이지

않았다.

특히 무극화 그 새끼 반드시 죽이겠노라고 가이덴은 다짐했다.

"젠장! 다음을 기약하자고."

"하아! 또 죽네요."

가이덴은 검을 꼬나 쥐고 적진을 향해 돌진했다.

아이리스도 자기희생 주문을 영창하기 시작했다.

그때였다.

"늦어서 미안합니다."

하얀 피풍의를 입은 백인이 허공을 격하며 날아왔다.

그가 일장을 내뻗자 마족들이 일거에 소멸했고, 착지해 다리를 움직이자 바닥이 움푹 파이며 검은빛의 기공이 맴돌았다.

그의 곁으로 흑의를 걸친 유저 수십이 내려앉았다.

그들을 본 가이덴과 아이리스, 그 외 병사들의 표정이 밝아졌다.

"소천마 막 도착했습니다."

천마의 제자, 셰인이 씩- 하얀 이빨을 드러내며 웃었다.

마족의 지휘관은 여러 명 있었다.

그중엔 플레이어도 존재했다.

창식이었다.

창식이는 이제 성인이었고, 정신적으로도 많이 성숙해졌다.

그는 현재 상황이 못마땅했다.

유저가 같은 유저를 공격해 죽인다.

마왕 후보자라는 클래스 때문에 어쩔 수 없었다.

일이 시작되기 전 존경하는 형인 알딘에게 이 사실을 전했을 때 가슴이 아팠다.

그나마 위안이 된 건 알딘의 한마디였다.

'너는 네가 할 수 있는 걸 최선을 다해서 해.'

"후우."

창식이는 칼날에 흉측한 이빨이 달린 대검을 쥐었다.

흑색 갑옷은 가슴 부분에 거대한 눈알이 달려 있었다.

투구는 어떤가.

양쪽으로 튀어나온 뿔은 죽음의 기운을 흩날렸다.

창식이는 착잡한 얼굴로 '수만 대군'에게 명령했다.

"전군 진격."

창식이가 맡은 지역은 동쪽.

인간 측 사령관은 한때 알딘의 라이벌로 유명했던 제로스다.

별로 두렵진 않았다.

제로스는 막강하지만, 그 역시 막강한 힘을 가졌다.

예전과는 다르다.

칠흑의 마왕의 권능을 대부분 사사한 창식이는 클래스의 능력만 따져도 알딘에게 밀리지 않았다.

"빨리 끝내자."

마족 대군이 움직였다.

창식이는 검은 연기를 풀풀 풍기는 흑마에 올라탔다.

흑마가 하늘을 뛰기 시작했다.

그때 상급 마족 하나가 창식에게 다가왔다.

"라그네스 후작이 당했다고 합니다."

"후작이?"

라그네스 후작은 하론카델 공작의 충실한 종이었다.

그의 깅힘은 창식 역시 직집 본 직 있어 잘 알고 있있다.

현 유저 중 라그네스 후작을 죽일 수 있는 사람은 많지 않았다.

"빛과 어둠의 신입니다."

창식은 그 신이 누군지 잘 알고 있었다.

유저에서 시작해 최초로 신격을 얻고, 최초로 신좌에 오른, 모든 유저에게 선망받는 존재.

"알딘인가."

그라면 라그네스 후작을 어렵지 않게 죽일 수 있었다.

비단 라그네스 후작만이 아니다.

하론카델 공작도 알딘에겐 아마 일대일로 상대가 되지

않을 것이다.
최소 대공급 마족이 와야 한다.
아니면 마왕이 직접 강림하거나.
마왕이 강림한다면 승리가 확실하겠지만, 대공급이라면 약간 애매하다.
창식이가 '대공'이었기에 아주 잘 알고 있었다.
"그리고 하론카델 공작이 전서를 보내왔습니다."
"뭐라고 보냈지?"
"대공께선 동쪽을 완전히 점령해 주십시오, 라고 보내왔습니다."
"건방진."
하론카델 공작은 창식이만큼이나 칠흑에게 사랑받는 마족이었다.
"전권을 위임받았다고 건방지게 명령을 해?"
칠흑은 창식이가 모험가란 걸 알고 있기에 전권을 위임하지 않았다.
혹시라도 배신할 가능성이 있기 때문이다.
하론카델 공작이 이런 우습지도 않은 전서를 보낸 이유도 감시 명목일 가능성이 높았다.
이것저것 다 마음에 들지 않았다.
이럴 거면 애초에 보내질 말든가.
그렇게 한참을 달려 목적지에 도착하자 넓게 포진해 있는 인간들의 군대가 보였다.

그 위로 거대한 불길이 하늘을 뒤덮은 채 활활 타오르고 있었다.

"이그니스의 사도 제로스."

제로스 역시 신좌에 올랐다.

다만, 그의 본질은 불을 관장하는 화염의 신 이그니스의 사도였기에 제대로 된 신명은 얻지 못했다.

그 말인즉, 제로스 역시 창식이처럼 차기 화염의 신좌가 보장되어 있단 얘기였다.

제로스가 창식의 것과 비교해도 모자라지 않는 대검을 들어 마족의 군대를 겨냥했다.

[전군 돌격.]

목소리는 크지 않았지만 침묵이 자리 잡은 곳에선 모두에게 들렸다.

유저, NPC 가리지 않고 모인 군대가 마족 군대를 향해 돌진했다.

제로스 역시 가만히 있지 않았다.

거대한 불새 수십 마리가 하늘 높이 날아올라 마족들을 향해 떨어졌다.

"쓸어버려."

"모두 쓸어버리라신다!"

창식의 명령을 받은 상급 마족이 병사들에게 명령을 하달했다.

동시에 창식이 움직였다.

그는 마기를 극대화시켜 불새들을 향해 광선 형태로 쏘았다.

두 군대의 중간 지점에서 무지막지한 폭발이 발생했다.

제로스가 웃었고, 창식은 이를 아득 갈며 전력을 다해 충돌했다.

✢ ✢ ✢

"격돌했답니다."

"승산은."

"마족 군대가 6할, 제로스군이 4할입니다."

"쪽수 차이 때문에?"

"예."

나는 보좌관의 보고에 머리를 박박 긁었다.

제로스는 최강 전력 중 하나지만, 그를 상대하는 건 악마 대공 타가스기, 즉 창식이었다.

"둘의 실력은 막상막하일 거야."

상성은 불 쪽이 더 좋긴 하지만, 스킬의 다양성이나 유틸리티는 창식이가 앞선다.

제로스의 공격은 대부분이 파괴에 치중되어 있기 때문이다.

"천계는 지금도 묵묵부답이냐?"

"네. 이 새끼들 진짜 방관만 할 셈인가 봐요."

"진짜 시발 더러운 새끼들."

나는 천계에서 구경이나 하고 있을 돼지들을 떠올리며 이를 바득 갈았다.

지금이라도 갓킬러를 꺼내 확 쓸어버릴까 하는 충동도 들었다.

'그랬다간 갓킬러만 잃겠지.'

10주신은 호락호락하지 않다.

지금 전력을 다해도 끝자락 하나 감당하지 못한다.

"젠장! 이그니스는 너무한 거 아니냐? 자기 사도가 목숨 걸고 싸우고 있는데."

"어차피 살아나니까 그런 거겠죠."

"투왕은 어디 있는지 알아?"

"모르죠. 계속 마족을 쓸어버리고 있지 않나요?"

"그 양반 있으면 그래도."

팔왕의 최강자 투왕은 규격 외 강자다.

신격은 아니지만, 10주신도 감히 투왕을 건드릴 수는 없었다.

내가 투왕을 본 건 3년 전이었다.

아직 신격을 완성시키지 못했던 시절, 어쩌다 보니 투왕과 연이 닿았다.

'그가 우리를 제대로 도와주면 이 전쟁도.'

"젠장! 쉬는 것도 안 되는군. 바로 그곳으로 간다."

"스크롤이 없습니다. 워프를 쓸 수 있는 마법사도 없고요."

"괜찮아. 누구보다 빨리 갈 수 있는 수단이 있으니까."

이 패를 지금 까고 싶지 않았지만.

"펜릴, 도와주세요."

5년 전, 아스가르드를 전복시키며 맺은 인연.

팔왕처럼 신격은 아니지만, 신들조차 두려워한 강대한 늑대.

"불쾌한 마기가 느껴지는 세계구나."

"우악!"

펜릴이 팔짱을 낀 채 나타났다.

보좌관은 기겁하며 엉덩방아를 찧었다.

아무런 전조 없이 나타난 거라 충분히 그럴 수 있었다.

"좀 도와주셔야겠습니다."

"꽤 오랜만에 불렀구나, 알딘. 그리고 꽤 강해졌어."

마지막으로 펜릴을 부른 게 작년이다.

"그때랑 비교하면 뭐."

"내 도움은 딱히 필요 없을 것 같다만."

"손이 하나라도 더 필요한 상황이라. 그리고 상대가 마왕군이라서 저만으론 해결이 불가능합니다."

"역겨운 마기가 득실거리는 건 마왕군이 침공해 온 탓인가?"

펜릴은 5년 전을 떠올리며 미간을 찌푸렸다.

마왕군은 아니지만, 그에 못지않은 신화적 괴물들이 날뛰었던 사건은 지금도 생생했다.

"어디로 가면 되지?"

"동쪽입니다."

"동쪽이 어딘데?"

"제가 안내할 테니 본래 모습으로 변신 좀 해 주시죠?"

"…날 타고 가는 거였나?"

"솔직히 그 편이 빠르잖아요."

뻔뻔한 내 말에 펜릴은 어이없다는 표정을 지었다.

"이렇게까지 뻔뻔했었나?"

"상황이 상황이라."

"같은 말 반복하기는. 흥! 밖으로 나가지."

"위급한 문제 생기면 바로 연락 넣어."

보좌관에게 그 말을 남기고 펜릴과 밖으로 나왔다.

본부의 유저들이 웅성거렸지만, 내가 함께 있어 적의를 가지진 않았다.

"황폐한 땅이 됐군."

마왕군의 출몰만으로 대륙의 많은 생명이 불씨를 잃었다.

"죄송합니다. 안부를 묻고 싶어도 상황이 여의치 않아서."

"됐다. 정당한 거래의 대가로 내가 너를 돕는 것이니."

"요르문간드는 어떻습니까?"

"그저 목숨만 붙어 있는 처지지."

나는 씁쓸하게 웃었다.

그녀는 토르를 데리고 사라졌다.

그리고 토르를 죽이는 데 성공했다.

하지만 그녀 역시 죽음에 못지않은 피해를 입었다.

"저도 방법을 찾아보고는 있습니다."

"최강의 신이었던 토르와 결전에서 살아남은 것만으로 족하지. 언젠간 회복할 것이다. 우리는 영생을 사니까."

"그렇다면야 뭐."

"빨리 가지. 위치를 말해라."

"저쪽입니다."

길게 뻗은 검은 산맥을 가리켰다.

원래라면 푸른 초목으로 둘러싸여 있어야 하지만 마기에 범벅이 되어 산맥 전체가 죽었다.

[가자고.]

어느새 본체화한 펜릴이 뒷발로 땅을 벅벅 긁었다.

나는 가볍게 위로 올라탔다.

펜릴이 땅을 박찼고, 순식간에 공간을 격했다.

그렇게 도착한 전장엔.

"창식아."

패배한 제로스가 땅에 처박혀 움찔거리고 있었다.

셰인은 천마왕의 직계 제자로 알딘, 제로스와 함께 커뮤니티에서 3강으로 불렸다.

당연한 말이지만 같은 3강이 아니라면 적수를 찾아볼 수 없었다.

몬스터 역시 마찬가지였다.

현재 수준에서 상대가 가능한 몬스터들은 모조리 셰인의 밥이었다.

마족 귀족이든 뭐든.

감당할 수 있다면 그는 반드시 승리했다.

[천마신공:파천무극파]

셰인이 두 손을 세로로 이어 손가락을 펼쳤다.

내공으로 이루어진 흑색 광휘가 마족들을 휩쓸었다.

마족들은 개미 떼처럼 줄어들지 않고 계속 몰려왔다.

상관없었다.

천마신공은 다인 전투에서도 빛을 발했다.

[천마신공:천마륜]

그가 몸을 빙그르르 돌렸다.

공력이 찌르르 울며 번개처럼 사방으로 쏟아졌다.

[천마신공:금강파천권]

공력을 잔뜩 실은 주먹이 허공을 격하자, 강력한 충격파가 마족들의 사지를 찢었다.

가이덴은 멍청하게 입을 벌린 채 말도 안 되는 셰인의 무위를 지켜보고 있었다.

모든 클래스 중 가장 강하다는 에픽 클래스의 주인이건만, 셰인과 비교하면 보잘것없게 느껴졌다.

같은 에픽 클래스인 아이리스도 가이덴과 비슷한 생각이었다.

다른 점이 있다면 그녀의 눈엔 사랑이 담겨 있었다.

'멋져!'

클래스가 클래스다 보니 대단하단 사람을 보아도 별 감흥이 없었다.

자신보다 대단한 클래스를 가진 사람을 못 본 건 아니다.

그들이 싸우는 모습을 못 봤을 뿐이지.

그런데 이제는 아니다.

세계에서 가장 강한 유저 중 하나가 필사의 자세로 적들에게 맞서고 있었다.

가이텐의 전투도 제법 멋있었지만, 임팩트는 별로 없었다.

'저렇게까지 멋져 보일 수 있나?'

심지어 얼굴까지 잘생겼다.

흩날리는 백발은 검은 기류와 흑백 조화를 이루어 멋짐이 배가 되었다.

적어도 아이리스에겐 그렇게 보였다.

그녀는 동경과 애정 어린 눈으로 셰인을 보다가 저도 모르게 그곳으로 향했다.

"어디 가요?"

셰인이 전방에서 적들을 붙잡고 있다고 해도, 양쪽에서 몰려오는 마족은 여전히 많다.

아이리스가 없다면 유지가 되지 않는다.

그는 셰인처럼 강하지도, 강한 세력을 갖추지도 않았으

니까.

그러거나 말거나 아이리스는 홀린 사람처럼 셰인에게 온갖 버프와 회복 스킬을 사용했다.

'음?'

셰인은 온몸에 활력이 도는 걸 느끼며 고개를 기울였다.

"대장, 저 여자가 대장한테 계속해서 버프를 걸어 주고 있어요."

부하의 말에 고개를 돌렸다.

아이리스가 환한 얼굴로 연신 축복을 터트리고 있었다.

"가이덴의 파트너잖아?"

그가 알기로 가이덴은 아이리스가 있어야만 제대로 된 능력을 발휘할 수 있다.

한데 그녀가 여기 있다는 건.

"젠장."

아니나 다를까, 뒤쪽을 지키던 가이덴이 힘겹게 밀려나고 있었다.

"당신!"

셰인이 당장 원래 자리로 돌아가라고 외치려는 순간이었다.

"네놈이군!"

하늘에서 세 개의 악이 떨어졌다.

그중 가운데 있는 악이 검은 망토를 펄럭이며 모습을 드러냈다.

"더 이상 날뛰지 못하게 해 주마."
"귀족인가."
"아스트로 후작이다."
전장의 판도가 다시 한 번 기울어지기 시작했다.

나는 창식이를 보았다.
오른쪽 팔이 비어 있다.
가슴엔 오른쪽 어깨에서부터 시작된 붉은 사선이 골반까지 이어져 있었다.
반면 창식이를 그렇게 만든 제로스는 더 처참한 꼴이었다.
셰인과 나와 함께 3강이라 불렸던.
그 이전엔 최강이라 일컬어지던 패왕이 쓰러졌다.
"오셨어요?"
창식이가 대수롭지 않게 인사했다.
전장은 거친 불길 같았다.
인간과 마족이 뒤엉겨 피가 난무했다.
이곳만 아무도 접근하지 않았다.
펜릴이 입을 열었다.
"강하군."
펜릴은 아스가르드의 신족이 두려워할 정도로 강력한 괴물이다.

그가 강하다고 말할 정도면 창식이는 적어도 아스가르드의 신족 평균은 웃돈다는 말이 된다.

창식이가 묻는다.

"오델론은 찾았어요?"

그의 입에서 오델론이 언급되었다.

나는 답하지 않고 악신의 파편을 뽑았다.

-저 녀석과 싸우는 날이 올 줄은 몰랐네.

항상 텐션 없이었던 악신의 파편도 이번만큼은 떨떠름해 보였다.

"여기서 네 목을 따도 우리의 승리는 아니겠지?"

"전권은 하론카델이 가지고 있어서요."

"그럼 널 일단 침묵시키고, 하론카델 공작을 죽여야겠네."

"그래야겠죠?"

"빨리 끝내자. 펜릴은 다른 마족들 좀 정리해 주세요."

"그래."

펜릴은 자신이 낄 곳이 아니라 생각했는지 잽싸게 다른 곳으로 사라졌다.

"엄청 강해 보이는데 누구예요?"

"펜릴."

"아, 그 늑대 괴물. 아직도 소환권이 남아 있었어요?"

"아직 좀 있어."

"그렇구나."

"시시콜콜한 잡담은 오프라인에서나 하자고. 지금은 각

자 할 일을 해야지?"

"심장이 좀 터질 것 같네요. 형이랑 한바탕할 생각을 하니까."

그러면서 잘린 팔에 힘을 주었다.

우드득-

뼈 관절이 뒤틀리는 소리와 함께 잘렸던 팔이 돋아나기 시작했다.

지가 무슨 나메크 성인도 아니고.

가슴의 상처도 빠르게 아물어 갔다.

나는 덤덤히 그 광경을 보며 경고했다.

"목 간수는 알아서 해라. 자비 없이 갈 테니까."

쾅-!

말을 끝내자마자 창식이 앞으로 이동해 검을 휘둘렀다.

흉측하게 생긴 대검이 악신의 파편을 막아섰다.

-으악! 이 징그러운 건 뭐야?

몇 차례 공방을 주고받았다.

내가 알던 중2병의 창식이는 더는 존재하지 않았다.

최대한 이성적으로 내 빈틈을 포착해 최소한의 간격으로 파고든다.

처음 만났을 땐 다짜고짜 달려들었는데.

나는 가볍게 회피하며 뇌전의 신격을 뿌렸다.

마기의 장막에 신력의 번개가 어이없이 막혔다.

"주력기를 사용하세요."

창식이는 그 말을 던지며 매섭게 나를 몰아붙였다.

대검이 대검이 아닌 것처럼 속공으로 휘둘러져 왔다.

-크윽! 빨라! 그리고 무거워!

악신의 파편이 약한 소리를 했다.

나는 무표정한 얼굴로 집요하게 공격해 오는 창식이를 보았다.

이런 걸 두고 폭풍 성장이라고 하던가.

하긴 제로스마저 쓰러트렸다.

나라고 이기지 못할 이유가 없다.

하지만 한참은 이르다.

"컥!"

떨어지는 대검의 궤도를 읽고, 미세한 차이로 공격을 흘려보냈다.

공격이 성공한 줄 알았던 창식이는 꽤 큰 틈을 만들었고, 나는 그곳에 발을 꽂아 넣었다.

쾅!

암벽에 처박힌 창식이가 괴로운지 기침을 토했다.

나는 허공을 격해 순식간에 녀석의 앞으로 이동했다.

왼손엔 빛이 들려 있었다.

"흡!"

암벽을 이루는 돌산이 빛에 의해 일거에 소멸했다.

방어형 마기를 두른 창식이지만, 빛은 마기의 극상성이다.

"크아아아악!"

빛은 마기를 뚫고 창식이에게 직격했다.

무너진 돌 파편 안에서 검은 갑옷으로 뒤덮인 팔 하나가 튀어나왔다.

나는 거리를 두고 착지했다.

"너무 들떴어."

"역시 형은 쉽지 않네요."

"나는 누구한테도 쉽지 않은 남자지."

-재미없어, 파트너!

"닥쳐, 좀."

"검이 한 소리 했나 봐요?"

창식이는 몸에 묻은 먼지를 툭툭 털며 일어났다.

재생했는지 상처는 보이지 않았다.

대공 대공 하더니, 진짜 마족 다 됐다.

"다시 시작하시죠."

"오냐."

창식이가 사라졌고, 나도 그에 맞춰 신형을 움직였다.

그리고 정중앙에서 강한 충격파가 발생했다.

이 싸움, 절대 오래 걸리지 않는다.

나는 확신했다.

스네이크는 본부로 돌아와 현 상황을 보고받았다.

"제로스가 패했다 이거지……."

"그것 때문에 알딘 님이 바로 그쪽으로 가셨습니다. 거대한 늑대로 변신하는 남자와 함께."

"펜릴일 거야."

스네이크는 그리 말하며 창밖을 보았다.

우중충한 하늘엔 검붉은 번개가 흐르고 있었다.

"'울트론'은?"

"현재 남쪽 상황이 급속도로 나빠져서 지원 나가셨습니다."

"셰인이 나섰다며."

"그, 그게 아이리스 님이 트롤을 했다고."

"왜?"

"그깃까진 파악 못했습니다만, 사이넨 님을 선남하셔야 하는데 갑자기 셰인 님한테 가서 버프와 힐을 줬다고 합니다."

"그 미친 여자!"

스네이크가 성난 얼굴로 버럭 소리쳤다.

보좌관이 움찔했다.

"그놈의 금사빠 버릇이 하필이면 중요한 전장에서 발휘되다니."

스네이크는 아이리스가 금사빠라는 걸 처음 본 순간부터 알고 있었다.

자신의 애인인 알딘과 그녀가 처음 만났을 때 어땠던가.

그뿐 아니라 조금 잘생기거나, 위트 있거나, 자길 잘 챙겨 주면 그대로 반했다.

얼마 안 가 식긴 했지만, 결과적으로 금사빠 성질로 인해 문제가 발생한 적이 한두 번이 아니었다.

"그래서 어떻게 진행되고 있는데?"

"셰인 님과 소천마 길드가 최선을 다해 주고, 아이리스 님도 정신 차려 다시 가이덴 님을 서포터하고 있다곤 하는데……."

"하는데?"

"이미 돌이킬 수 없을 만큼 전황이 뒤엎어졌다고 합니다."

"그 정도라고?"

"후작이 등장했습니다."

"후작?"

"하지만 아이리스 님이 제 포지션을 지켰다면, 후작이 나타났어도 셰인 님이 어떻게든 했을 겁니다."

스네이크도 보좌관의 말에 동의했다.

셰인은 강하다.

그것도 아주아주, 엄청나게 강하다.

알딘이 진지하게 승부를 본다면 간신히 이길 것 같다고 할 정도였다.

그러면 후작을 능히 잡을 수 있지만, 이미 전황이 기울어 진 상황에서 다른 마족까지 상대하며 후작을 동시에 상대 하는 건 불가능했다.

"나도 간다."

"차라리 후퇴를 지시하는 게 나을 것 같습니다."

"그렇다 해도 최대한 살려야지. 유저만 있는 것도 아니고."

마왕군을 상대하기 위해 유저와 NPC들이 힘을 합쳤다.

유저는 죽어도 되살아나지만, NPC들은 죽으면 그걸로 끝이다.

"머리가 하나라도 더 필요한 상황인데, 잃는 건 최대한 막아야지."

"알겠습니다."

보좌관은 더 이상 말릴 수 없었다.

스네이크가 움직였고, 그녀의 친위대가 빠르게 남쪽으로 내달렸다.

※ ※ ※

"죄송, 죄송해요."

아이리스가 울먹였다.

가이덴은 욕을 한 사발 뱉고 싶었지만, 상황이 상황인지라 최대한 인내했다.

'진짜 끝나고 보자!'

그는 용사의 힘을 최대한 발휘하며 마족을 죽였다.

"젠자아아아앙!"

끝이 없다.

상황이 나쁜 건 셰인도 마찬가지였다.

그는 전신이 상처투성이였다.

아스트로 후작과 그가 데리고 온 두 귀족은 막강했지만, 절대 못 이길 만한 상대는 아니었다.

한데 계속해서 잡졸들이 그의 움직임을 목숨 걸고 막았다.

덕분에 후작과 두 귀족에게 사정없이 얻어맞아야 했다.

소천마 중 절반이 벌써 로그아웃당했다.

"클클! 강한 인간이여, 이곳이 무덤이 될 것이다."

"죽어도 되살아나는 게 모험가다."

"네놈도 모험가인가? 이놈의 모험가들은 마음에 안 든단 말이지!"

후작이 마기를 일으켰다.

셰인은 이마에 흐르는 피를 닦으며 대꾸했다.

"네놈들의 대공도 모험가잖나."

"그래서 더 마음에 안 들어!"

"하극상이라."

"시끄럽다. 일단은 이곳에서 널 정리하고, 이번 전쟁을 승리로 가져가야겠구나."

아스트로 후작이 비릿하게 웃었다.

셰인은 짧게 한숨을 토해 내며 주먹을 쥐었다.

질 수 없다.

절대.

"발악이라도 해 봐라."
"그럴 참이다, 벌레."
"누가 누굴 보고 벌레라 하느냐!"
후작이 비명 같은 괴음을 내지르며 셰인을 향해 쏘아졌다.
'마지막일 수도 있다.'
그렇다면 최소한 후작만큼은 데려가리라.
셰인이 그리 마음먹고 땅을 박찼다.
천마신공의 기운이 두 주먹을 감쌌다.
"으랍!"
주먹이 허공을 격한다.
후작이 히죽 웃었다.
"그럴 줄 알았다."
파앗!
후작의 모습이 연기처럼 사라졌다.
셰인의 안색이 어두워졌다.
"죽어라!"
후작이 날카로운 손톱을 세워 셰인의 등을 노렸다.
"쯧! 모자란 제자로다."
검은 용포를 입은 노인이었다.
노인은 한심한 눈으로 셰인을 바라보았다.
그가 일장을 내뻗었다.
"커하아아악!"

아스트로 후작이 고통에 찬 비명을 터트렸다.

셰인은 바닥에 착지해 급히 뒤를 돌아봤다.

"쓸어버려라."

"존명!"

수천의 흑의인이 전장에 투입됐다.

그 위에서 지켜보던 용포의 노인이 자신의 한심한 제자를 보았다.

"잘 보아라. 이것이 천마신공이니."

팔왕의 일좌를 차지한, 천마신교의 교주.

천마왕 장호가 셰인과 비교할 수 없는 흑색 기공을 전장에 비처럼 쏟아붓기 시작했다.

셰인은 흐뭇한 얼굴로 제 스승을 쳐다보았다.

다시 전장의 상황이 역전되기 시작했다.

Chapter 2

검은 기운을 연기처럼 뿌리고 다니는 '왕'이 자신의 영토를 걷는다.

그 뒤로 수천의 마족이 그를 따르고 있었다.

왕은 뒷짐을 지고 허공에 비치는 영상을 보는 중이었다.

[결착인가.]

왕은 칠흑이란 이명을 가진 마왕이었다.

마계에서도 세 손가락에 꼽히는 절대강자였다.

그리고 화면 속에서 '빛과 어둠의 신'과 치열하게 접전 중인 마족은 그의 후계자였다.

그러나 그것도 이제 곧 결착 난다.

언뜻 비등해 보이는 실력은 한쪽으로 균형이 기울기 시작했다.

"타가스기 대공이 패배하기 전에 간섭을 해야 할 것 같습니다."

제안한 것은 같은 대공인 뮬란이었다.

칠흑의 영역에 단 셋만이 존재하는 대공 중 가장 강하다고 꼽히는 이였다.

"여차하면 소인이 참전하겠습니다."

뮬란 대공이 참전한다면 승산은 마왕군으로 확 기울 것이다.

"대공의 말이 맞나이다. 타가스기 대공이 비록 모험가 출신으로 영원불멸하다 해도 하루라는 시간이 비어 버립니다. 인간군 측에 엄청난 시간적 여유가 생길 것입니다. 그 결과 마왕군이 패배할 확률이 대폭 상승할 것입니다."

칠흑의 직속 보좌관이자 책사인 파믈리에 백작이었다.

그는 저 전장에서 인간군이 승리한 이후의 상황을 빠르게 예측해 보고했다.

칠흑 역시 알고 있었다.

저대로 둔다면 인간군은 커다란 승기를 잡고 본격적으로 역습에 들어갈지도 모른다.

대공의 부재는 고작 전장 하나를 내주는 정도로 끝나지 않으리라.

그러나 칠흑은 두 신하의 의견을 묵살했다.

[그럴 생각은 없다.]

"폐하……!"

"저희의 대계가 무너질 수도 있사옵니다."

[그럴 리는 없다.]

칠흑의 불길 일렁이는 듯한 얼굴에 미소가 드리웠다.

칠흑은 두 신하가 우려하는 걱정과 그를 해결하기 위한 제안을 그들이 언급하기도 전에 생각해 두었다.

그 외에도 많은 가능성과 해결법을 떠올렸다.

그렇기에 두 신하의 제안은 최선이 아니었다.

칠흑이 불안해하는 신하들을 보며 말했다.

[분노가 움직일 것이다.]

마마야루 대륙 북동쪽에 위치해 있는 하론드 평원으로.

✤ ✤ ✤

끝없이 유혈이 튀어 오르는 전장에서 가이텐은 지친 몸 골로 마왕군을 격살했다.

그럼에도 그의 성검은 빛을 잃지 않았다.

그가 용사였기 때문에.

숙적인 마족을 영원토록 멸하기 위해서.

"그아아아악!"

하늘에서 황금빛 검이 떨어졌다.

성검이 수십 미터로 자라 적들을 도륙했다.

몰려오는 공격은 용사의 방패가 전방위를 사수해 막아냈다.

아이리스의 버프와 힐이 가이덴의 피로를 치유했다.

그리고 똑같은 패턴을 반복.

"어서 끝나라아아아아!"

게임이 게임이 아닌 것 같다.

가이덴은 흐릿해지는 시야를 억지로 붙들고 천근 같은 다리를 움직였다.

팔은 이미 감각이 없었다.

관성에 따라 움직일 뿐 적을 죽이는 건 오로지 스킬의 힘이었다.

'아, 쉬고 싶다.'

맛있는 것도 먹고 싶다.

특히 단골 스시집의 오마카세가 너무 먹고 싶었다.

전쟁이 시작되고 한 번도 못 갔다.

예전엔 하루걸러 하루 갔었는데.

'이번에 가면 진짜 비싼 샤케랑 최고급 코스로 해서 먹어야지.'

성검에 박힌 하얀 보석이 성스러운 빛을 흩뿌렸다.

"이길 수 있드아아아아!"

천마왕까지 아군을 돕기 위해 참전했다.

상황이 어떻게 돌아가는진 모르겠지만, 이번만큼은 반드시 승리하리라.

"승리하리라!"

거대한 마족의 심장에 검을 박았다.

동시에 멀지 않은 곳에서 흑색 기공이 동심원을 그리며 마족들을 쓸어버렸다.
 그 위로 귀족으로 보이는 마족 하나가 떠올랐다.
 "이겼다!"
 "우리가 이겼다아아아아!"
 사방에서 승리의 포효가 치솟았다.
 밑으로 추락하고 있는 마계 귀족.
 그는 아스트로 후작이었다.
 방금 천마왕의 손에 그는 죽음을 맞이했다.
 그 말인즉.
 더 이상 이곳에 자신들을 막을 적은 존재하지 않는다는 뜻이다.
 가이덴은 거친 숨을 몰아쉬며 밑으로 착지했다.
 "저희가 이겼어요!"
 아이리스가 기쁜 얼굴로 달려왔다.
 가이덴은 믿기 힘든 얼굴로 병사들의 얼굴을 보았다.
 모두 비슷한 몰골이었다.
 "후아! 진짜 끝이냐."
 그는 혼잣말을 중얼거리며 그대로 뒤로 엎어졌다.
 마왕군이 후퇴한다.
 인간군은 추격한다.
 그리고 가이덴의 눈앞에 하나의 퀘스트창이 떠올랐다.

[복수(Legend)]
시련은 끝나지 않았다.

"큭……."
수 미터를 뒤로 밀려난 창식이가 결국 한쪽 무릎을 꿇었다.
녀석의 흉측한 갑옷은 거의 반파되었고, 이빨 같은 검은 반쪽이 날아가 사라졌다.
날아간 왼팔은 재생되지 않았다.
나는 빛의 입자를 날개처럼 흩뿌리며 창식이에게 다가갔다.
"끝났다."
"설마 제대로 된 한 방조차 못 줄 거라곤 생각도 못했는데."
창식이의 몰골과 달리, 나는 피부에 흠집 하나 나지 않았다.
온몸에 흐르는 구원의 신력과 이젠 패시브 수준으로 발동되는 재생의 빛 덕분이었다.
MP와 SP가 넘쳐흐를 정도로 많으니 사실상 무적이었다.
그래서 생긴 별명이 바로 '죽지 않는 광전사'.
'이젠 광전사라고 하기도 좀 그렇지만.'

나는 이젠 사라진 단말을 떠올리며 씁쓸하게 웃었다.
"널 죽이면 승산은 우리 측으로 기울 거야."
"그것도 나쁘진 않네요. 전 최선을 다했으니 걸릴 것도 없고."
오히려 창식이가 바라는 게 이런 결말이었다.
"다음에 보면 맛난 거 사 주마."
"비싼 거 먹을 겁니다."
창식이가 히죽 웃으며 대답했다.
나는 순식간에 녀석 앞으로 이동해 목을 베었다.
제로스마저 패퇴시킨 마계 대공의 최후였다.
남은 건 공작의 세력뿐이다.
하루면 충분하다.
마왕이 개입하지 않는 이상, 결국 승리하는 건 인간일 것이다.
"너무 낙관적인 생각을 하는 건 아니겠지?"
그때 뒤에서 누군가의 목소리가 들렸다.
뒤를 돌아보니 그곳엔 익숙한 얼굴이 서 있었다.
"무극화."
에픽 클래스를 가진 유저, 무극화 한이었다.
7인의 영웅 중 한 명으로 원래라면 마왕군에 맞서야 했지만, 어째서인지 전쟁이 시작된 다음 날 소리 소문 없이 사라졌다.
"지금까지 어디 있었지?"

미래는 한참 전부터 내가 알던 방향과 완전히 틀어져 더 이상 예측하는 건 불가능해졌다.

한은 검은 고양이 가면을 쓰고 있었는데, 왠지 그 밑으로 웃고 있을 것 같았다.

"나도 나름대로 내 할 일을 하고 있었지."

"그게 뭔지 모르겠지만, 전쟁에 도움이 안 됐다는 건 알겠군."

"그렇긴 하지."

"그보다 낙관적인 생각이란 게 무슨 말이냐?"

"말 그대로야. 너무 낙관적인 미래를 그리는 것 같아서."

저 말이 무슨 뜻인지 모르나, 왠지 전쟁이 쉽게 풀리지 않을 거란 말을 하는 것 같았다.

"너무 마계 쪽으로만 우세한 것 같으니, 너한테도 팁을 하나 줄까 해서 찾아왔다."

"…마계가 우세하다?"

창식이를 죽이는 것으로 승기는 이미 인간군 쪽으로 완전히 넘어왔다.

솔직히 말해서 마왕이 넘어올 것 같지는 않았다.

천계의 엉덩이 무거운 양반들이 방관하고 있다 해도, 마왕이 강림한다면 얘기가 달라진다.

천계라도 그땐 분명 움직일 것이다.

"아무래도 많은 걸 아는 것 같군."

"워워! 정보를 주러 온 사람한테 살기는 조금 그런데?"

내가 눈을 가늘게 뜨고 노려보자, 한이 괜히 움찔하는 척 어깨를 떨었다.

"쓸데없는 말은 더 이상 안 듣겠다. 본론을 꺼내."

"아닌 말로 내가 얘기 안 하면 어쩌려고 그렇게 강압적으로 구는 거야?"

"아, 못 참겠다. 그냥 죽어라."

무극화가 양팔을 펼쳐 태극을 그렸다.

그 위로 악신의 파편이 떨어졌다.

-우효오오오!

악신의 파편이 괴상한 소리를 지르며 펼쳐진 태극의 막을 꿰뚫었다.

"자, 잠깐!"

"도망칠 생각일랑 버려."

같은 에픽이라도 전투력 차이는 압도적이다.

한 주변으로 꽃잎이 흩날렸다.

무극화는 동방에 내려오는 전설이자, 무(武)의 창시자다.

한은 그 힘을 고스란히 물려받았을 뿐이지만, 충분히 위협적이었다.

그러나 상대가 나라면 얘기가 달랐다.

"크윽! 진짜 이럴 거야?"

"내 기분을 거슬렀다면 이렇게 될 거라고 예상했어야지."

-맞아, 맞아!

한의 태극은 내 공격을 단 한 번도 방어하지 못했다.

종잇장처럼 찢겨 나가는 흑백의 조합은 뒤섞인 혼돈처럼 사라졌다.

한이 고개를 바짝 치켜들었다.

그 아래로 새까만 검신이 피부를 살짝 파고든 채 멈춰 있었다.

한 줄기 붉은 핏방울이 떨어져 내렸다.

"마지막 기회를 주지. 말해. 짧고, 굵게."

"…분노의 마왕이 움직인다."

"뭐?"

"칠흑은 분노와 사이가 좋지. 그리고 분노는 용사를 죽였던 위인. 그러니 용사를 다시 죽이고, 대륙을 마(魔)로 물들이기 위해 칠흑과 손을 잡았다."

"그게 무슨 말도 안 되는……."

"안 될 게 뭐가 있어?"

한이 피식 웃었다.

나는 그 얼굴을 보다가 의문이 생겼다.

"그런데 넌 그걸 어떻게 아는 거지?"

"다 아는 수가 있어."

"숨기는 게 있군."

"그것까진 말 못해 주겠네. 밑바닥을 보여 줄 순 없으니!"

한이 일장을 뻗었다.

땅-!

손바닥이 가슴을 격했다.

다리를 힘껏 바닥에 고정시켰지만, 밀려는 걸 막지 못했다.

한의 입가에 미소가 번졌다.

공격이 들어갔다고 확신한 것이다.

"난 그만 가지! 아마 조만간에 또 볼 수 있을 거야. 하하하!"

한은 놀리듯 말하며 반대편으로 몸을 날렸다.

나는 그의 뒷모습을 보며 중얼거렸다.

"같잖은 새끼."

예전이라면 몰라도 지금의 내겐 누군가를 놓치는 건 있을 수 없는 일이다.

"조만간 보자고?"

"헉!"

갑자기 내가 옆에서 튀어나오자, 한의 눈이 튀어나올 정도로 커졌다.

녀석의 목을 붙잡았다.

한쪽 발을 땅에 박아 속도에 제동을 걸고, 밀려오는 관성을 이용해 그대로 바닥에 처박았다.

"컥!"

"새끼가, 튈 수 있을 줄 알았냐?"

"어, 언제……."

"너구나."

나는 녀석의 언행을 하나하나 떠올리며 한 가지 가설을 내렸다.

내가 회귀자이기에 내릴 수 있는 가설이었다.

"당시 용사를 배신했던 게 네놈의 선대였어."

분노의 마왕이 용사를 죽였다.

방법은 모르나, 전생에 이런 소문이 커뮤니티에 떠돈 적 있었다.

7인의 영웅 중에 배신자가 있었다고.

당시에 대부분이 찌라시라고 웃어넘겼다.

나 역시 음모론 읽는 기분으로 훑어보고 말았다.

지금 생각해 보면 그 찌라시의 주인은 관련된 서적을 읽었을 수도 있겠다 싶었다.

홀리 가디언의 디테일이라면 충분히 그럴 수 있었다.

나의 추론을 들은 한의 눈동자가 살짝 떨렸다.

추론은 확신이 되었다.

"퀘스트가 떴겠군. 이번에도 분노를 도와 용사를 죽이라는."

"그, 그럴 리가 없잖아. 나는 7인의 영웅의 후예라고?"

"네놈이 나한테 알리러 온 걸 보면 어차피 막을 수 없다고 판단한 거겠지."

그렇다면 과연 분노의 마왕의 군대는 어디서 출현할까.

"북동쪽. 용사가 죽음을 맞이한 그 언덕이겠군."

한의 눈동자가 한없이 커졌다.

거침없이 녀석의 목을 베었다.

-피다, 피! 맛있는 피!

"시끄러. 지금부터 통화해야 하니까 조용해."

-시무룩.

악신의 파편을 검집에 집어넣고, 곧장 본부로 통신을 걸었다.

(알딘 님.)

"다른 전장은 어때?"

(남쪽은 천마왕의 출현으로 승리나 다름없습니다. 서쪽은 밀리진 않으나, 뚫지도 못하고 있는 형세입니다.)

"그럼 남쪽 군대 모두 북동쪽으로 집결하라고 전해."

(무슨 일입니까?)

"분노의 군대가 온다."

[운명이란 건 참으로 알다가도 모르겠단 말이지.]

수십 미터 크기에 온통 검은 털로 뒤덮여 있고, 이마엔 두꺼운 황소의 뿔을 달고 있는 남자가 붉은 눈을 번뜩이며 말했다.

남자는 박쥐와 같은 피막 날개를 펼쳤다.

거대한 돌풍이 핏빛 같은 새빨간 세계에 휘몰아쳤다.

[오래전 죽였던 용사가 모험가로 부활해 다시 한 번 내

목을 노린다. 이 얼마나 멋진가!]

남자가 경망스럽게 웃었다.

그러다 돌연 정색을 하더니 얼굴을 뒤틀 정도로 일그러트렸다.

[그런데! 그 건방진 운명이란 게 나에게 대든단 말인가? 짐을 능멸이라도 하겠다는 얘기인가!]

분노의 마왕이 포효했다.

[우스운 일이로다. 짐은 곧 힘이며, 파괴이며, 절망이다. 한데 기껏해야 용사 나부랭이의 운명이 내게 또 한 번 도전하려 든다? 같잖을 뿐이다. 짐의 분노는 영원토록 불멸하니, 용사는 다시 파멸을 맞이하리라.]

쿵-!

분노의 마왕이 거대한 발을 앞으로 내디뎠다.

[문을 열어라. 짐이 움직일 테니, 대륙은 분노에 잠식되어 사라지리라.]

분노의 마왕을 집어삼킬 정도로 커다란 포탈이 허공에 만들어졌다.

파지직거리며 튀어 오르는 스파크 사이로 익숙한 평원이 펼쳐졌다.

분노의 마왕이 용사를 죽인 '하론드 평원'이었다.

[오랜만이로구나.]

포탈을 넘었다.

마계의 탁한 공기와는 비교도 안 될 정도의 청량감이 폐부로 파고들었다.

좋은 기분은 오래가지 않았다.

마왕은 함부로 마계를 벗어날 수 없다.

만약 인과율 없이 벗어난다면 그만큼의 제약이 생겼다.

[흠.]

검은 번개가 분노의 마왕을 휘감았다.

넘쳐흐르던 힘이 급속도로 줄어들기 시작했다.

그럼에도 너무 많은 힘이 남았다.

마왕이라 부르기엔 민망한 수준이지만, 뭐 어떤가.

7인의 영웅의 유지를 잇는 모험가들은 아직 그들의 전성기 시절의 힘을 얻지 못했다.

걱정이 되는 건 천계의 신들이지만, 분노는 언제고 뒤를 걱정하지 않는 법이다.

[벌레들이 많구나.]

분노의 마왕은 평원 저편에 넓게 포진해 있는 군대를 보았다.

정보를 어떻게 알았는지 모르겠지만, 자신이 이곳에 나타나리란 걸 알고 있는 모양이었다.

[건방지기는! 감히 짐이 누구라고 생각하는 것이냐!]

이마에 돋아난 혈관이 그의 감정을 대변이라도 해 주듯 핏빛 폭풍이 평원에 휘몰아쳤다.

동시에 유리 깨지듯 공간이 깨져 나갔다.

"미쳐 버렸군. 고함 한 번에 수백 명의 마법사가 합심해서 펼친 환상을 깨부숴?"

[네놈은?]

분노의 마왕이 건방지게 자신의 앞에 마주 선 인간을 노려봤다.

[네놈은 뭔데 감히 짐의 앞을 가로막고 서 있는 거지?]

"그러는 네놈은 뭔데 더럽고 추악한 발을 어디에 들여놓은 거냐?"

분노의 마왕은 새빨간 머리칼을 흩날리는 인간 남자를 보며 피식 웃었다.

가소롭기 그지없었다.

[벌레부터 한 마리 정리해야겠군.]

분노가 손바닥을 펼쳤다.

새빨간 마기가 몰려들었다.

[세상을 저주하며 죽거라. 크하하하하!]

"인과율의 제약을 받으면 이 정도인가?"

붉은 머리의 남성은 조용히 새까만 검을 꺼내 들었다.

"강하긴 하네."

[날벌레가 짐을 평가하려 드느냐!]

분노의 마왕이 손바닥을 내려찍었다.

쿵—!

붉은 기파가 온갖 잡초로 뒤덮인 평원 한복판에 떨어졌다.

땅이 붉게 물들며, 둥근 형태로 서서히 번져 나가기 시작했다.

[분노 앞에 모두 파멸하라.]

콰아아아앙!

하론드 평원에서 검붉은 기둥이 솟구쳤다.

✥ ✥ ✥

예상은 했지만 엄청나게 강하다.

고함으로 환상을 깨부쉈을 때부터 예상은 했지만, 막상 그 힘을 눈앞에서 직관하니 등골이 오싹했다.

분노의 마왕이 직접 강림한 것도 예상 밖이었다.

인과율의 영향도 영향이지만, 천계를 대놓고 무시하는 행위였다.

'엉덩이 무거운 양반들이긴 하지만, 마계 쪽에서 이렇게 나오면 가만히 있진 않겠지.'

나는 보호막을 펼친 채 분노의 마왕과 거리를 벌렸다.

충격파의 범위에서 벗어났건만 후폭풍마저 살벌했다.

"군대가 의미 없겠는데?"

한다면 레이드식 전투 운영밖에 없지만, 군대 규모로 운용하면 오히려 피해만 커질 것이다.

마왕을 쓰러트리려면 정예로 인원을 꾸리는 게 베스트다.

"군대는 물린다. 대신 나 좀 싸울 줄 안다 하는 놈들은 싹 다 전투 준비시켜."

(알겠습니다.)

"그리고 천계에 다시 연락 넣어 봐. 그 새끼들도 대륙이 마계 손에 떨어지는 꼴은 보기 싫을 거 아냐."

(이미 연락을 취해 놨습니다.)

"역시 빠릿빠릿해서 좋다니까. 조금만 더 고생하자고, 세이든."

(성과급 기대하겠습니다.)

보좌관 세이든이 그 말을 끝으로 통신을 끊었다.

눈앞에서 힘을 본 바 쓰러트리는 건 불가능하다.

최대한 시간을 벌어야 한다.

천계의 군대가 오기 전까지.

"그 정도는 가능하겠지?"

-물론이지, 파트너!

"전력으로 가자고."

[악신의 파편 세컨드 폼]

[아포피스의 이빨]

악신의 파편 가드 부분이 활짝 열리며 검은 기운이 나비의 날개처럼 뿜어져 나왔다.

검은 기운이 칼날의 중앙 홈을 타고 올라타자, 철컥- 소리와 함께 양날과 검극이 분열되며 넓게 펼쳐졌다.

검은 기운이 빈틈을 가득 채웠고, 검을 높이 치켜들자 보통의 칼날보다 세 배는 더 기다란 신력의 칼날이 돋아났다.

그것은 새까만 광검(光劍)이었다.
"목숨 걸고 한번 놀아 보자고."
그대로 땅을 박차 분노의 마왕을 향해 돌진했다.

※ ※ ※

콰가가가앙-!
평원 위로 연쇄 폭발이 발생했다.
흙더미가 사방으로 솟구치며, 깊이를 가늠하기 어려운 구덩이가 곳곳에 생겨났다.
분노의 마왕은 미친 듯이 날뛰었다.
알딘을 위시한 정예 유저들이 그런 분노의 마왕을 막기 위해 부단히 노력했다.
천계의 신들이 올 때까지만 버티면 된다.
물론 쉽지 않았다.
힘이 약해졌다 해도 분노의 마왕은 마계 서열을 읊어도 상위권이었다.

그 광경을 멀리서 지켜보고 있는 남자가 둘 있었다.
하나는 신선처럼 길게 늘어트린 수염과 백발을 말끔하게 하나로 엮은 노인이었고, 다른 하나는 사자 갈기 같은 머리가 야성적인 근육질의 중년인이었다.
노인, 창왕이 중년인에게 물었다.

"구경만 할 생각인가?"

중년인은 답하지 않았다.

날카롭게 찢어진 눈매는 당장에라도 날뛰는 마왕을 죽일 기세였으나, 흐르는 기운은 생각보다 정적이었다.

"사왕과 권왕이 죽고, 마도왕은 5년 전 사건으로 인해 소리 소문 없이 사라졌다. 사령왕은 애초에 관심이 없었고, 현재 마왕군에게 맞서는 팔왕은 본좌와 자네, 천마왕, 그리고 흑왕뿐이다."

"그래서 어쨌다는 거냐."

중년인, 투왕이 적광을 빛내며 창왕을 노려봤다.

창왕은 숨이 턱 막히는 걸 느꼈다.

팔왕 중 최강인 그는 팔왕 중에서도 상위권인 창왕조차 떨게 했다.

"…우리 중 누구라도 나서지 않는다면 대륙은 마의 손아귀에 떨어질 것이다."

"흥! 그깟 마, 세상에서 지워 버리면 그만."

"그렇다면 저들을 도와 분노의 마왕을 패퇴시켜야 한다."

"내가 저들을 돕는다?"

투왕이 가소로운 소리 하지 말라는 듯 피식 웃었다.

"돕는 건 저들이다. 그중에서도 알딘이란 애송이 정도만이 진짜로 날 돕는다고 할 수 있겠지. 그 외엔 모두 쓰레기다."

투왕은 말 그대로 싸움의 왕이다.

인생에서 가장 중요시 여기는 것이 싸움이었고, 그렇기에 그가 사람을 대할 때 가장 먼저 보는 것은 강함이었다.

그러니 투왕의 눈에 모험가들이 얼마나 하찮게 보이겠는가.

그나마 모험가 중 최강이라는 알딘만이 투왕에게 어느 정도 인정받고 있었다.

물론 인정받는다고 해서 동급으로 취급한다는 건 아니었다.

그건 창왕 역시 마찬가지였다.

"그렇다 해도 간과할 순 없겠군. 감히 내 영역에서 날뛰다니. 미쳐 가지고 말이야."

대륙은 투왕이 살아가는 세상이기 선에 그의 영역이었다.

누가 정해 준 게 아니라, 자신이 실제로 그렇게 생각하고 있었다.

왜냐하면 대륙에서 가장 강한 건 그였으니까.

"분노의 마왕이라고 했나?"

"그렇다."

"분노라……. 분노. 크크큭! 생각할수록 가소롭군."

투왕이 다리를 살짝 벌린 후 구부렸다.

대퇴근이 팽창하자 허벅지의 굵기가 두 배쯤 불어났다.

"마왕과는 한번 붙어 보고 싶었다."

"……."

"약해진 상태라 실망스럽긴 하겠지만."

아까만 해도 무표정하던 투왕이 흉측한 미소를 지었다.

투왕은 싸움에 미쳤다.

쉽게 말해 또라이란 얘기였다.

창왕은 말릴 생각도 없거니와 지금 투왕과 별로 엮이고 싶지 않았다.

그가 한 발 뒤로 물러났다.

동시에 투왕이 바닥을 박찼다.

쿵-!

묵직한 소리가 공간을 찌르르 울렸다.

[크악!]

어느새 마왕의 앞까지 뛰어오른 투왕이 마왕의 얼굴을 후려쳤다.

"투왕!"

"애송이, 살아 있군."

갈기 같은 머리칼이 바람에 흩날린다.

투왕은 붉게 물든 눈을 휘며 웃었다.

"이런……! 다들 도망쳐!"

"무슨 일입니까?"

"투왕이 난동을 부릴 예정이거든!"

나는 투왕과 몇 번 함께 움직인 적이 있었다.

그때마다 그는 세상을 멸망시킬 기세로 적들을 도륙하고, 지도를 바꿔 버릴 정도로 지형을 파괴했다.

투왕은 모든 면에서 다른 팔왕과 비교할 수 없었다.

[네놈은 무엇이냐!]

"아가리에서 썩은내가 나니까 닥치고 있어!"

쾅!

다리로 턱을 올려 찼다.

거대한 분노의 몸뚱이가 허공으로 떠올랐다.

무지막지한 힘이었다.

투왕은 발로 허공을 격해 마왕의 넓은 가슴에 올라탔다.

"천계가 나설 필요도 없겠어."

투왕의 양손에 기공할 힘이 뭉쳤다.

"죽어어어!"

그대로 분노의 가슴팍에 집어 던졌다.

밝은 빛이 터져 나왔다.

둥근 덩어리가 떠올랐다.

투왕이 이빨을 잔뜩 드러내며 주먹으로 덩어리를 후려쳤다.

"막아!"

-노력해 보지!

악신의 파편이 기운을 줄기차게 뿜어내 전방위에 거대한 보호막을 펼쳤다.

"마법사들도 최대 출력으로 보호막을 시전해라!"

마력이 사방에서 흘러나오며 아군을 보호하기 시작했다.

곧 덩어리가 폭발했다.

-------------!

버섯 모양의 폭발이었다.

평원에 직격 수백 미터의 구덩이가 만들어졌다.

우리는 보호막째로 날아갔다.

수십 겹으로 보호해서 망정이지, 이제 몇 겹 남지 않은 걸 보면 폭발에 휩쓸려 죽을 뻔했다.

모두가 어지러워하고 있을 때 나만이 벌떡 일어나 투왕과 분노의 전투 장소로 달려갔다.

"조금이라도 거들어야 해!"

투왕은 강하지만, 최상위 마왕과 비교한다면 분명 떨어진다.

분노의 힘이 약화된 상태라도 방금 공격으론 죽지 않았을 것이다.

패배의 가능성을 계속해서 우려해야 한다.

예상대로.

[건방진 인간!]

"터프한 놈이로군!"

거대한 주먹과 인간의 다리가 격돌했다.

공간이 으깨질 것처럼 부르르 떨렸다.

[크아아아아!]

분노의 마왕이 주먹에 무게를 실었다.

아무리 투왕이 강해도 힘과 질량으로 동시에 짓누르면 밀릴 수밖에 없다.

"흡!"

쾅!

탄환처럼 보이지 않을 정도로 빠르게 바닥에 처박힌 투왕.

분노가 양손을 그러쥐고 높이 들었다.

그대로 땅을 향해 내려칠 기세로.

"투왕!"

분노가 두 주먹을 투왕에게 휘둘렀다.

[점멸]

투왕의 앞으로 이동했다.

거대한 주먹이 빛을 가로막아 사방이 어둠으로 뒤덮였다.

"애송이! 비켜라!"

"같이 비키자구요."

빛을 뿜어냈다.

온몸의 혈관이 쥐어짜지는 것처럼 극심한 통증이 느껴졌다.

"으아아아아아아압!"

빛은 단순히 오델론에게 이어받은 힘이 아니다.

알딘이란 존재를 유지해 주는 신격의 근원이자, 막대한 힘의 결정체!

[샤인 임팩트(Shine Impact)]

빛이 분노의 팔을 뒤덮었다.

그것은 '성력(聖力)'이었다.

✢ ✢ ✢

돔 형태의 신전 내부에 아홉 명의 거인이 중심부를 바라본 채 각자의 석좌에 앉아 있었다.

12시 방향의 석좌만이 비어 있었다.

신전의 중심엔 불규칙하게 자란 수정 기둥이 천장까지 이어져 있었다.

"분노가 대륙에 나타났다."

"인과율을 크게 위반했어."

"우리를 무시하는 처사다."

"우리가 나서야 한다."

"하지만 우리는 나서지 못해."

"그가 버티고 있다."

"우리를 죽이기 위해 오랜 시간을 벼려 온 만큼 이곳을 벗어난다면 10주신이라 불리는 우리라도 감당할 수 없을 것이다."

 신전에 모여 있는 아홉의 거인은 마마야루 대륙의 10주신이었다.

 그중 칼로소라는 신명을 가진 거인이 입을 열었다.

 "그랑데는 대체 어디 갔지?"

 "모르겠군."

 대답한 건 제로스에게 힘을 준 존재, 이그니스였다.

 그 역시 10주신 중 하나였기에 석좌 하나를 차지하고 앉아 있었다.

 "지루하군."

 파지직-

 전신에서 벼락을 뿜어내는 거인이 무미건조한 목소리로 말했다.

 그는 알딘이 가진 뇌전의 신력의 진짜 주인이었다.

 "우리가 왜 그런 녀석을 겁내야 하지?"

 뇌전의 신 라이키리가 나머지 여덟 거인에게 물었다.

 10주신은 평범한 신들과는 다르다.

 그들은 개개인이 한 세상의 주인이 되어도 이상하지 않을 힘을 가지고 있었다.

 당장 아스가르드 대륙의 주신이었던 오딘과 토르 정도가 그들에게 견줄 수 있을 것이다.

 그마저도 힘의 서열로 줄 세우자면 토르는 중간, 오딘은 끝자락이었다.

괜히 마마야루 대륙이 세상의 중심이라 불리는 게 아니었다.

"그 녀석이 강한 건 인정하지. 자존심이 상하지만 일대일이라면 나 역시 장담할 수 없다."

현재 혼자서 천계의 발을 묶은 강력한 존재.

그를 떠올린 라이키리가 인상을 찌푸렸다.

"하지만 최소 둘 이상이 합심한다면 죽이지 못할 건 또 뭐란 말인가?"

"동의한다."

"나도 동의한다."

이그니스와 운명의 신 데스티니였다.

"적기라면 지금이다."

운명을 관장하는 신인 만큼 그의 눈엔 세상의 흐름이 보였다.

모험가들의 존재로 인해 흐름이 많이 흐릿해지긴 했지만, 모험가가 아니라면 그의 힘은 그대로였다.

"마왕의 강림을 좌시할 수 없는 노릇."

"하지만 그로 인해 피해가 완전히 없다고 장담할 수 있나요?"

머리에 화관을 쓴 아름다운 여신이었다.

풍요의 신 하이얀이었다.

그녀는 우려 가득한 얼굴로 데스티니와 라이키리를 번갈아 보았다.

"분노의 마왕은 저희가 손을 쓰지 않아도 결국 쓰러질 겁니다."

풍요의 여신은 대지를 관장한다.

그녀는 가 보지 않아도 대륙 전역을 앉은 자리에서 지켜볼 수 있었다.

"투왕이 나섰고, 그의 유지를 이은 모험가 신이 협력하고 있습니다."

"그들로는 역부족이다."

전쟁의 신 바론이었다.

"투왕의 힘은 우리에게 닿는다지만, 분노가 인과율의 제약을 받아 가면서까지 혼자 올 이유가 없잖나."

"그건……."

"마계가 우리에게 도전장을 내민 것이다. 전쟁이라는 도전장을."

하이얀이 고운 입술을 꾹 다물었다.

그의 말처럼 분노의 마왕이 미쳤다고 혼자 넘어왔을 리는 없으니까.

심지어 상대해야 하는 마왕은 분노만이 아니었다.

칠흑.

그자야말로 이번 사태의 주원인이었다.

분노 역시 그가 끌어들인 장기 말에 지나지 않는다.

"모험가들이 힘을 합친다 한들 두 마왕의 군세를 버티는 건 불가능하다."

지독히 현실적인 말이었다.

"사냥합시다."

바람의 신 윈드로바가 말했다.

평소엔 장난의 신이라고 비하되는 신이지만, 오늘만큼은 그 역시 진지한 태도를 유지했다.

"무엇을?"

이그니스가 되묻자, 윈드로바는 사냥할 게 따로 또 있냐고 다시 되물었다.

"'오델론'을 사냥하자는 말인가?"

"맞아요."

빛과 어둠의 사랑을 한 몸에 받는 초월적인 존재.

동시에 천계를 단독으로 틀어막아 신들의 움직임을 통제하는 괴물.

"그를 사냥해야 저희가 자유롭게 움직일 수 있습니다. 무엇보다."

"무엇보다?"

"그자가 왜 갑자기 그런 짓을 하는지 궁금하지 않아요?"

윈드로바는 왜 오델론이 그런 짓을 한 건지 너무 궁금했다.

직접 찾아가면 죽을 수도 있으니 차마 물어보지 못했다.

하지만 여럿이 움직이면 얘기가 달라진다.

"어때요?"

"동의한다."

"동의한다."

처음부터 오델론을 없애고 싶어 하던 라이키리와 데스티니는 고민 없이 동의했다.

다른 신들은 조금 고민하다 세 명이 더 동의해 과반수를 넘겼다.

"우리 중 하나라도 소멸당한다면 돌이킬 수 없는 일이 벌어질 수도 있어요."

끝까지 우려를 표한 건 하이얀이었다.

당연히 그녀의 의견은 묵살되었다.

"움직인다."

전쟁의 신 바론이 자리에서 일어났다.

그의 손엔 어느새 검이 들려 있었다.

태반의 10수신이 각자의 병기를 손에 쥐었다.

지금부터 오델론을 사냥할 시간이다.

"다른 신들이 자넬 죽이기 위해 움직였군."

"당신이 말하지 않아도 알고 있습니다."

"어쩔 텐가. 맞서 싸울 생각인가? 그렇다면 말리고 싶은데."

흰 수염이 풍성한 노인이 인자한 얼굴로 오델론에게 말했다.

오델론은 수척해진 얼굴로 하늘을 올려다봤다.
"괜찮습니다."
"그 모험가에게 모든 걸 건네줬기 때문인가?"
"그것보단 이젠 좀 지쳐서요."
"그날이 떠오르는군. 수많은 신과 마족을 죽이던 자네는 그야말로 악신이라고 봐도 무방했지."

노인, 그랑데는 과거를 추억하는 듯한 표정으로 말을 이었다.

"모든 걸 파괴하고, 죽음을 불살라 끝내 한 줌의 재가 되고 싶다고 했지?"
"지금도 마찬가집니다."
"자네의 유지를 이은 모험가는 지금 분노의 마왕과 싸우고 있네."
"그렇습니까?"
"단말이 연결되어 있지 않은가?"
"끊긴 지 좀 됐습니다."

오델론은 알딘과의 마지막 만남을 떠올리며 쓰게 웃었다.

"제 그림자에선 더 이상 성장할 수 없으니까요. 독립할 때가 됐죠."
"그렇군. 자네는 지쳤다고 했지만, 결국 그 모험가를 위해서 죽으려고 하는구만. 그래서 무리하게 천계의 입구를 틀어막고 있는 것이고."

"……."

"양분된 사랑을 한곳에 집중시킬 생각인가?"

"그 편이 낫지 않겠습니까?"

그랑데가 어이가 없다는 듯 헛웃음을 흘렸다.

그가 아는 오델론은 이런 사내가 아니었다.

인간으로서 겪을 수 있는 모든 고통을 겪어 감정이 완전히 마모된 인간.

그것이 바로 오델론이었다.

"후회하지 않겠나?"

"신화의 시대부터 지금까지 살아왔습니다. 무한하다 해도 좋을 삶을 살아왔는데 죽음에 후회가 있을 리가요."

"또 거짓말이군."

"편한 대로 생각하시길. 그보다 부탁 하나 하겠습니다."

"무엇이지?"

"제가 죽는다면 이걸 그 녀석에게."

오델론은 자신의 백색 애검을 그랑데에게 건네주었다.

예정된 유품을 보는 그랑데의 눈이 살짝 가늘어졌다.

"허허! 적진의 수장에게 이런 부탁을 하는 게 말이 되는 일인가?"

"당신을 믿으니까."

오델론은 흔들리지 않는 시선으로 그랑데를 쳐다보았다.

"…거절할 수 없게 만드는군."

"고맙습니다."

"거의 다 왔군. 상관은 없지만, 그래도 우리 둘이 있는 장면은 그들에게 오해를 살 수 있으니 그만 가 보지."
"몇 명이 죽더라도 원망은 마십시오."
"물이 고였으면 정화 좀 해야지 않겠나?"
"제일 고이신 분께서 할 말은 아닙니다."
"하하하!"
그랑데는 별빛이 되어 사라졌다.
오델론은 자리에서 일어났다.
"내 마지막 행보가 너에게 얼마나 도움이 될지 모르겠구나."
오델론은 단말을 회수하기 전, 알딘이 자신에게 했던 말을 떠올렸다.

'이유가 뭔지 모르겠지만, 힘이 필요하다면 언제든지 불러줘요.'

"크큭! 제 주제를 모르는 녀석. 네놈이 여기서 뭘 할 수 있겠느냐?"
오른손에 어둠이, 왼손에 빛이.
"더 강해져라, 알딘."
하늘 높이 아홉 개의 별이 반짝였다.
오델론은 그곳을 향해 날아올랐다.

※　※　※

"큭!"

빛을 가로세워 분노의 힘을 막았지만, 충격까지 온전히 막아 낼 수 없었다.

나는 끊임없이 밀려나는 몸을 간신히 멈춰 세웠다.

제대로 된 타격은커녕 방어조차 쉽지가 않았다.

그나마 투왕의 힘이 분노의 마왕과 비교해도 안 밀렸다.

[크아아! 이 버러지 같은 놈이!]

"덩치만 큰 돼지 녀석!"

투왕의 선풍각이 분노의 드넓은 가슴을 후려쳤다.

콰앙- 굉음이 울려 퍼지며 거체가 뒤로 한두 걸음 밀려났다.

나는 빛으로 몸을 둥글게 감싸고, 포탄처럼 분노에게 돌진했다.

[노오오옴!]

검붉은 기파가 고함에 맞춰 터져 나왔다.

"으악!"

빛의 구가 쓸려 나갔다.

HP가 귀신 같은 속도로 줄어들었다.

다급히 구원의 신력까지 발동해 회복 속도를 높였다.

투왕은 자신의 투기로 기파를 무시하고 재차 뛰어올랐다.

분노가 거대한 주먹을 휘둘렀다.

공간이 찢겨 나가는 듯한 위력의 광풍이 휘몰아쳤다.

[점멸]

한 줄기 스파크를 튀기며 분노의 오른쪽 얼굴 방향으로 이동했다.

뇌전의 신력을 극한으로 일으켰다.

빛과 뇌전을 뒤섞었다.

"이거나 처먹어라!"

손을 뻗어 모아 놓은 신력을 방출했다.

번개와 빛이 합쳐진 만큼 번쩍거리는 불규칙한 실선이 분노의 오른쪽 뺨을 격했다.

[귀찮게!]

모기 잡듯 분노가 제 손바닥으로 뺨을 쳤다.

점멸로 거리를 벌려 모기처럼 찌부가 되는 일은 피했다.

"젠장! 내 공격은 통하지도 않잖아?"

"대장! 마법이 준비됐습니다!"

그때 뒤에서 마법사 부대를 지휘하는 유저가 신호를 보냈다.

투왕이 오고부터 뒤로 빠진 군대는 몰래 강력한 마법을 준비하고 있던 모양이다.

"투왕! 잠시 뒤로 빠지십쇼!"

투왕이 인상을 찌푸렸지만, 대꾸하지 않고 곧장 분노의 마왕과 거리를 벌렸다.

동시에 온갖 색이 뒤섞인 거대한 에너지 덩어리가 빠른

속도로 마왕을 향해 쏘아졌다.

[이깟 거!]

분노의 마왕이 손날로 쳐 내려고 했지만, 그보다 내가 더 빠르게 움직였다.

[플래닛 브레이커]

나는 가상 우주의 힘을 이끌어 분노의 마왕을 향해 검을 휘둘렀다.

[큭!]

마법을 쳐 내려던 손에 내 기술이 살짝 튕겨져 나갔다.

방심하고 있던 분노의 마왕은 마법을 피하지도, 막지도 못했다.

[크아아악!]

그에게 하찮다 해도 수많은 인간이 힘을 모은 마법이었다. 위력은 당연히 분노의 마왕에게도 위협이 되는 수준!

"쓰레기들 주제에 제법 하는군!"

투왕이 잔혹한 미소를 지으며 마왕에게 몸을 날렸다.

[어리석다.]

그 순간, 공간이 깨져 나가며 평원 전체가 마계와 연결되었다.

[설마 짐 혼자 이곳으로 왔다 생각하느냐?]

폭연 속에서 분노의 새빨간 안광이 흘러나왔다.

[조금 놀아 볼 요량이었으나, 여기까지 해야겠군.]

마법을 직격당하고도 생각보다 멀쩡한 분노의 마왕이

부하들에게 명령했다.

[한 놈도 남김없이 모조리 죽여라.]

[한 놈도 남김없이 죽는 건 너희다!]

하늘에서 새하얀 광휘가 평원 위로 떨어졌다.

수많은 백마를 탄 천사의 군대가 지상으로 달려오고 있다.

그 선두엔 전쟁의 신 바론이 검을 치켜들고 있었다.

[정의를 위하여!]

뿔피리 소리가 전장을 헤집는다.

하늘에 낀 먹구름이 거짓말처럼 지워졌다.

"하아……. 드디어 무거운 엉덩이를 드셨구만."

나는 긴장이 풀려 그대로 주저앉았다.

"과연 그의 유지를 잇는 모험가답게 선두에서 마왕과 맞서고 있었는가?"

그때 뒤에서 노인의 목소리가 들렸다.

고개를 돌려 보자 어디서 많이 본 노인이 인자하게 웃고 있었다.

노인은 손에 새하얀 검을 쥐고 있었다.

그가 검을 내게 내밀었다.

"자, 이제부턴 네가 이 검의 주인이다."

그 말을 들은 나는 검을 받을 수 없었다.

"이걸 당신이 왜."

"나는 부탁을 받았을 뿐이다."

10주신의 수장 그랑데는 '오델론의 검'을 재차 건넸다.

나는 망설이다 어쩔 수 없이 검을 받아 들었다.

그와 동시에 검이 환한 빛을 내뿜기 시작했다.

[검이 전해졌다는 건 내가 더 이상 존재하지 않는다는 거겠지.]

[어쩌다 보니 이런 식으로 네게 유언을 남기는구나.]

[유언이라고 하는 것도 웃기군.]

[그래, 알딘. 잘 지내고 있나?]

[마지막으로 본 게 벌써 1년이 지났구나.]

[딱히 너와 회포를 풀 생각은 없었다만.]

[이런 상황이 되니 한 번쯤은 술 한잔 기울였어도 좋았을 것 같다.]

[그날, 너는 신좌에 오르겠다고 했지. 나는 네가 신이 되면 절연하겠다고 했고, 결국 절연을 했지.]

[사실 절연하지 않아도 괜찮았지만, 네 녀석이 천계에 미움을 살까 봐 어쩔 수 없는 선택이었다.]

[그때 내 말에 상처를 입었다면 사과하마.]

[알딘.]

[내 유지를 잇는 모험가여.]

[굳이 내 유지를 이을 필요는 없다.]

[하고 싶은 대로 하고 살아라.]

[끝이다.]

"이게 뭐야."

나는 어처구니가 없는 눈으로 검을 보았다.

유언이라는 얘기는 오델론이 이미 이 세상에서 죽고 살아졌다는 얘기가 된다.

사실을 확인하기 위해 그랑데를 보았다.

"…어디 간 거야?"

그랑데는 쥐도 새도 모르게 사라졌다.

✟ ✟ ✟

천계의 군대는 분노의 군대에 맞서 치열하게 싸웠다.

천계 측에서 내려온 10주신은 전쟁의 신 바론이 유일했다.

물론 바론만으로 충분했다.

힘이 약화된 분노의 마왕과 달리, 충분한 인과율을 받고 강림한 바론의 힘은 사람과 개미만큼이나 극명한 힘의 차이가 있었다.

바론이 검을 내지를 때마다 분노의 마왕은 처음의 자신감은 어디 갔는지 시종일관 물러나기 바빴다.

인간군은 천계군을 도와 마왕군을 몰아냈다.

천계의 개입 이후 전쟁이 끝나기까지 고작 30분밖에 흐르지 않았다.

나는 평원에 드러누워 하늘을 보고 있었다.
"시발. 기분 더럽게 찝찝하네."
옆에 대충 던져 놓은 순백의 검을 보았다.

[화이트(White)]

이 검의 이름이 이렇게 심플한지 처음 알았다.
"젠장! 이럴 거면 왜……. 그때 왜!"

'너와는 걷는 노선이 다르다. 그만 꺼져라.'

냉소적인 얼굴로 가차 없이 버릴 땐 언제고.
나는 씁쓸함을 지을 수 없었다.
그리고 긴 시간을 함께한 그를 잊을 수 없었다.
스승은 아니었지만, 스승 같은 존재였다.
홀리 가디언을 하며 그에게 많은 도움을 받았고, 많은 성장을 이룩했다.
"젠장! 신세 많이 졌습니다."
나는 애써 흘러내릴 것 같은 눈물을 참으며 묵념했다.

✢ ✢ ✢

전쟁의 신 바론이 찾아온 건 묵념이 끝나고 얼마 지나지 않아서였다.

"빛과 어둠의 신."

그의 부름에 화이트를 허리춤에 찼다.

악신의 파편이 부르르 떨었지만, 무시하고 바론을 보았다.

"무슨 일입니까?"

"네가 인간군 총사령관이라고 들었다."

"맞습니다만."

"전권을 위임받겠다. 지금부터는 내가 전쟁을 진두지휘해 남아 있는 마왕군을 소탕하지. 너는 내 아래에서 타격대를 하나 이끌어 줬으면 좋겠군."

순간 어이가 없어졌다.

지금까지 나와 내 동료들이 쌓은 모든 걸 눈앞에서 빼앗아 가겠다고 말하고 있다.

"제가 왜 그렇게 해야 합니까?"

"뭐라?"

"저와 제 동료들은 당신네들이 무거운 궁둥이를 들기 전까지 치열하게 마왕군과 맞섰고, 유의미한 성과를 잔뜩 냈습니다. 그런데 왜 우리가 굳이 당신 밑으로 들어가야 합니까?"

"오만한 소리 하지 마라, 모험가. 신좌에 올랐다 하여 정말 나와 동급이 되었다 생각하나? 그리고 너희는 분명 한계가 존재한다. 분노의 군세를 그대와 그대의 동료들이 막아 냈나?"

"분노의 마왕 자체는 저희가 어떻게든 할 수 있었습니다."

"놈의 군대는 어쩌지 못했겠지."

"천계에서 지원이 와서 잘 해결됐죠. 그러니까 계속해서 이런 구조로 가자고요. 우린 우리대로, 당신들은 당신들대로."

어디서 열심히 쌓아 놓은 탑을 날로 먹으려고 해?

아무리 10주신 중 하나라도 안 되는 건 안 되는 거다.

바론이 눈살을 찌푸리며 신력을 일으켰다.

우우웅-!!

10주신 중에서도 전투 계열의 신답게 엄청난 신력이었다.

인과율이 허락했기에 그의 힘은 분노의 마왕과 비교할 수 없을 정도였다.

"이것 참, 깡패신가?"

"놈! 감히 10주신인 이 몸에게 불경한 언사를 하다니! 정녕 죽여 달라고 애원하는구나?"

"부끄럽지도 않습니까?"

"간악한 무리를 쫓아내기 위한 대업에 부끄러움이 어디 있는가?"

"웃기는군."

그때, 공간이 일그러질 정도로 투기를 발산하는 존재가 바론의 등을 잡았다.

투왕이었다.

바론은 인상을 구기며 뒤를 돌아봤다.

그 역시 투왕의 존재는 익히 알고 있었다.

신격을 얻지 않았음에도 어지간한 신은 찜 쪄 먹을 수 있는 강자였다.

모든 힘을 끌어낼 수 있는 바론에 비하면 부족하지만, 바론 역시 압도적인 승리를 장담할 수 없었다.

"너희 신들은 신들끼리 짝짜꿍해라."

"짝짜꿍? 오만한 것도 정도가 있는 거다, 인간!"

바론이 고함을 치자 강력한 기파가 대지를 헤집었다.

모두의 이목이 이곳에 집중됐다.

투왕은 피식 웃으며 두 주먹을 말아 쥐었다.

일촉즉발의 상황.

"둘 다 멈추시오."

그때 두 사람 사이를 가로막은 건 창왕이었다.

"비켜라, 창왕!"

"나와라, 인간!"

"아직 칠흑의 군대가 남았소. 우리끼리 싸워서 뭘 어쩌자는 거요?"

"창왕 말이 맞습니다. 우리끼리 싸울 필요 없다니까요?

각자 움직이자구요, 각자."

바론이 무서운 눈으로 나를 노려봤다.

겁먹을 필요 없었기에 그의 눈을 똑바로 마주 보았다.

"언젠가 대가를 치를 것이다. 오델론이 그랬던 것처럼!"

"……"

바론이 망토를 뒤로 크게 펄럭이곤 자신의 군대를 향해 걸어갔다.

그 뒷모습을 보던 투왕이 중얼거렸다.

"지금 그냥 죽일까?"

그 말이 진심이라는 걸 알았기에 열심히 그를 말려야 했다.

"분노의 마왕이 소멸했습니다."

[빛과 어둠에게 사랑받는 이라면 천계를 언제까지고 막을 수 있다고 생각했는데.]

칠흑은 가스 같은 몸체를 일으켰다.

[천계의 신을 증오해 마지않는 그가 후인을 위해 희생한 것인가.]

놀라운 일이었다.

칠흑 역시 그가 그런 식으로 행동할 줄 몰랐던 것이다.

[내가 당한 건가.]

이 모든 걸 계획했다고 할 수 없지만, 칠흑은 분명 오델론과 커넥션이 있었다.

어차피 대륙에 미련이 없을 거라 여겨, 대륙을 넘겨준다면 함께 천계를 무너트려 주겠단 계약을 했다.

[설마 후인의 성장을 위함이었나?]

대륙의 위기는 곧 영웅들의 성장 발판으로 작용한다.

오델론의 후인은 모험가 중에서도 가장 강한 이였으며, 최고의 영웅으로 정평이 난 인물이었다.

칠흑의 후계자 역시 그에게 패배하지 않았던가?

"어찌해야 할까요?"

"저는 후퇴를 권하겠습니다."

부복을 풀고 앞으로 나선 이는 대공 중 하나인 데시카였다.

그녀는 자줏빛 머리칼을 아래로 쓸며 자신의 주인에게 말했다.

"이 이상은 전력 낭비이며, 천계가 나선 이상 대륙을 집어삼키는 건 불가능합니다. 더 피해가 커지기 전에 모든 병력을 수습하고, 차라리 주인을 잃은 분노의 영토를 집어삼키시지요."

귀가 쫑긋해질 만한 제안이었다.

칠흑은 툭툭 팔걸이를 손가락으로 두드렸다.

전신이 가스지만 손톱만큼은 신기하게 형태를 가지고 있었다.

[데시카의 말이 맞다. 이 이상은 언어도단. 전 병력을 복

귀시키도록 하라. 그리고 곧장 분노의 영토를 침략한다.]
"명을 받들겠습니다."

✠ ✠ ✠

 분노의 군대가 패배하기 무섭게 칠흑의 군대가 후퇴하기 시작했다.
 천계가 본격적으로 나선 이상 답이 없다고 여긴 것이다.
"여러모로 전생과는 크게 다르네."
 전생엔 칠흑의 군대가 대륙을 무차별적으로 공격했다.
 그때 나타난 것이 오델론이었고, 그는 사령의 극의를 깨우친 고위 마족을 상대로 압도적인 전력을 선보였다.
 반면 지금은 어떤가.
 오델론은 게임 초반부터 나와 엮였고, 이제는 데이터상으로도 존재하지 않게 되었다.
 나는 화이트를 부드럽게 어루만졌다.
"이러니까 홀리 가디언을 끊을 수가 없지."
 예상할 수 없는 많은 일들이 변칙적으로 발생한다.
 더 이상 미래를 알 수 없어 나는 상황에 맞춰 행동할 뿐이다.
 그게 재밌었다.
 게임 초반에 어떻게든 랭킹 1위가 되겠다며 아득바득거렸던 게 모두 우스워질 정도로 재밌었다.

"웃차!"

자리에서 일어나 엉덩이를 털었다.

마마야루 대륙은 원상태로 돌아오려면 꽤 오랜 시간이 걸릴 것이다.

그만큼 마왕군에게 입은 피해가 상상을 초월했다.

물론 나랑은 상관없는 얘기였다.

"이젠 어디로 갈까나."

다음 메인 스트림이 언제 시작될지 모르는 이때.

나는 다시 모험가가 되었다.

어디로 떠날지 즐겁게 고민하는 모험가가.

✧ ✧ ✧

2년이 지났다.

나는 여전히 홀리 가디언에 접속해 있었다.

다른 점이 있다면.

"자기, 이것 봐!"

이제는 여자 친구가 아닌 와이프, 한때는 스네이크라 불렸던 하이 랭커 레아가 함께라는 것.

아이는 조금 나중에 갖기로 했다.

젊음을 조금 더 즐기며 때가 됐을 때 애를 갖자고 결정했다.

정말 많은 걸 했다.

세계 여행도 하고, 세계적으로 유명한 맛집 탐방도 했으며, 관광지도 마구 돌아다녔다.

레아 주최로 열린 패션쇼의 모델로도 참가했다.

지금 생각하면 정말 부끄러운 일이었다.

내가 유명한 건 게임에서지, 현실에서가 아니었으니까.

"이거 엄청 맛있겠다. 그치?"

"하나 사서 나눠 먹자."

하지만 결국 돌고 돌아 우리는 홀리 가디언으로 돌아왔다.

나는 더 이상 사냥과 득템에 얽매이지 않았다.

레아 역시 마찬가지였다.

그녀는 나보다 먼저 랭킹 유지에서 손을 놨다.

"이거 맛있다."

"냠냠! 응! 마시써!"

우리는 홀리 가디언의 명물 세계수 잎 호떡을 먹고 있었다.

말 그대로 세계수 잎을 올린 호떡으로 분명 기름질 텐데 청량한 느낌이 목구멍으로 넘어왔다.

"그보다 '울트론' 얘기 들었어?"

"왜? 메제스한테 무슨 일 있어?"

"별건 아니고. 이번에 길드전에서 크게 패배했대."

"뭐?"

'울트론'은 이제 명실상부 최강의 길드가 되었다.

대적할 수 있는 길드는 세계에서 손을 꼽았고, 그나마도

견주는 수준이었다.

"상대가 누군데? 이름 있는 곳이야?"

"아냐. 완전 신생."

"신생이 어떻게 '울트론'을 이겨? 길드명이 뭔데?"

"'유토피아'. 처음 들어 보는 곳이지?"

"되게 흔할 것 같은 이름인데. 길드장 이름은?"

"뭐랬더라. 조… 아! 조호! 조호다."

"조호? 닉네임이 왜 그…….''

특이한 닉네임에 웃으려던 나는 설마 하는 생각이 들었다.

"자기, 왜?"

"여보, 잘 들어 봐."

"듣고 있어."

"조호를 거꾸로 하면?"

"호조… 호조? '둠스데이'의 길드장?"

나는 어이가 없어 웃음을 터트렸다.

설마 여기서 그 이름을 듣게 될 줄이야.

조호가 호조라는 증거는 없지만, '울트론'을 이긴 신생 길드의 길드장 이름이 조호라면 이건 킹리적 갓심이다!

"지옥에서 돌아왔구나?"

이번엔 오로지 자신의 힘으로 일군 길드이길 바랄 뿐이다.

✥ ✥ ✥

가이덴은 높은 성 창가에서 바깥 풍경을 보고 있었다.
유유히 흐르는 구름과 맑은 하늘엔 새가 지저귀며 무리를 이룬 채 날아다녔다.
"나는 여기서 뭐 하고 있냐."
영웅 클래스에게만 부여되는 퀘스트 '공주를 지켜 줘!'의 진행 때문에 그는 현재 샤를 왕국 왕성에 머물고 있었다.
샤를 왕국은 마계 침공 이후 새로 건국된 나라로 국왕은 한때 평범한 농부였던 이였다.
원래는 무슨 왕족이었지만, 어쩌고저쩌고해서 변방으로 밀려나 수백 년을 왕족인지도 모르고 살아온 그런 인물이었다.
사실 왕족인지도 의문인 게, 샤를 왕국의 대신들이 억지로 왕위에 세우려고 조작한 게 아닌가 하는 의심도 들었다.
물론 그런 의심은 가이덴에게 하등 쓸모없었다.
이 나라 국왕의 근본을 그가 알아서 뭐 어쩌겠는가?
"지금 와서 공주를 지키는 퀘스트나 하게 되다니. 어이가 없구나."
"콘텐츠도 거의 다 끝나서 할 것도 별로 없잖아요."
그의 옆엔 또 다른 영웅 세인트 오더 클래스의 아이리스도 함께였다.
두 사람은 같은 영웅이다 보니 대부분의 행동을 함께했다.

그렇다고 사귀는 건 아니었다.

아이리스 같은 금사빠와 사귀면 피곤하다는 걸 가이덴은 알고 있었기 때문이었다.

아이리스도 가이덴과 알고 지낸 지 꽤 되어 사적인 감정은 쌀 한 톨만큼도 없었다.

"왕성에서 머무니까 편하긴 하네요."

"지루하잖아요."

"드래곤 변 위나, 헬 오우거 군락에서 지내는 것보단 낫잖아요."

"…그건 그렇죠."

지금까지 여정을 다니며 머물렀던 곳 중 왕성은 단연 최고였다.

"그런데 이것도 하루 이틀이지. 벌써 한 달째라고요?"

"그것도 맞죠."

두 사람은 현재 공주 지키기라는 퀘스트 때문에 왕성에 한 달 넘게 묶여 있었다.

"대체 어떤 것에 공주를 지키라는 걸까요?"

"당신이 모르는데 제가 알까요?"

"하긴."

"지루하긴 하네요. 그냥 확 이 성 없애 버릴까요?"

아이리스가 표독스럽게 말했다.

방금까진 편하다던 양반이 갑자기?

종잡을 수 없는 여자라는 건 알고 있었지만, 매번 적응하기 힘들었다.

"그건 좀……."

"역시 그렇죠?"

농담이 아니라는 게 더 소름이다.

두 사람이 하염없이 하늘을 보고 있을 때였다.

기사 하나가 둘에게 다가왔다.

"폐하께서 찾으십니다."

"무슨 일인데?"

"그것까지 전달받진 못했습니다."

"하아! 알겠다."

"그럼!"

기사는 짧게 묵례하고 등을 돌렸다.

가이덴과 아이리스는 서로를 보다가 동시에 한숨을 내쉬었다.

"오오! 친애하는 우리의 영웅들이여!"

"부르셨다고요?"

국왕에게 보이기엔 불경한 태도였지만, 그 누구도 가이덴의 언사를 지적하지 않았다.

누가 뭐래도 가이덴은 영웅의 유지를 잇는 자였고, 가진 힘도 한 나라의 힘으론 막을 수 없는 수준이었다.

아이리스 역시 마찬가지였다.

그녀는 가이덴보다 한술 더 떴다.

"저희 자고 싶으니까 할 말 있으면 빨리해요."

"하하! 별건 아니고, 우리 공주와 어딜 좀 같이 가 줬으면 하네."

"어딜요?"

"아소포 숲. 그곳에서 누군가 공주를 부르고 있어."

아소포 숲은 왕성에서 나흘 정도 걸어야 도착할 수 있는 곳이었다.

그 숲은 딱히 특별한 게 없었다.

갓 초보를 벗어난 유저들이 사냥터로 애용하는 곳이었다.

"퀘스트용 이벤트인가 보네요."

가이덴이 고개를 끄덕였다.

한 달 만에 드디어 새로운 패턴이다.

왠지 이번 건만 해결하면 이곳에서 해방될 것 같은 느낌이 들었다.

"알겠습니다."

두 사람은 공주와 함께 아소포 숲으로 향했다.

✠ ✠ ✠

공주는 올해로 열여섯이었는데, 굉장히 평범하게 생긴 여자아이였다.

외형을 가꾸는 데도 취미가 없어 어지간하면 무난한 드레스 한 벌만 입고 다녔다.

듣기로 보석함엔 보석이 없단 소문까지도 있었다.

가이덴은 처음에 그 말을 들었을 때 당연히 소문으로 취급했다.

아무리 신생 왕국의 공주라지만, 공주는 공주였다.

기본적으로 치장을 안 하려야 안 할 수가 없었다.

하지만 실제로 보고 그 생각을 버려야 했다.

"여러분!"

공주, 파논이 가이덴과 아이리스에게 손을 흔들었다.

벌써 본 지도 한 달이 넘어 굉장히 친근하게 느껴졌다.

가이덴은 그녀의 립조차 바르지 않은 민낯을 보며 희미하게 웃었다.

귀엔 구멍을 뚫은 흔적이 없고, 멀리 떠난다고 움직이기 편한 옷을 입었다.

가죽 가방을 등에 짊어지고 있었는데, 보통 이런 건 하인이 들고 다녔다.

그런데 하인은 제 짐만 든 채 멍하니 서 있을 뿐이다.

"공주답지 않은 공주야."

"그래서 더 매력적이라면서요."

"윽! 그냥 그렇다는 거죠."

"가이덴 님이 저런 취향이란 건 잘 알고 있어요."

아이리스가 음흉하게 웃었다.

가이덴은 요물 보듯 그녀를 보았다.

두 사람은 투닥거리며 파논 앞에 멈춰 섰다.

"빨리 나왔네요?"

"설레어서요!"

파논이 두 손을 맞잡고 소풍 가는 어린아이처럼 눈을 빛냈다.

뭔가에 노려진다는 소문이 돌며 성 밖으로 한 발짝도 못 나간 그녀였다.

정말 오랜만에 바깥에 나오니 나들이라도 온 기분일 것이다.

나들이는 당연히 아니었지만.

"편하게 즐기세요. 저희가 공주님의 호위로 가는 거니까 두려울 건 없습니다."

"어머! 멋진 말."

"시, 시끄럽다구요."

"하하하! 고마워요, 용사님."

파논이 방긋 웃었다.

수수해서 예쁜 얼굴은 아니었지만, 그녀는 분명 가이덴의 취향이었다.

다만 걸리는 것은 나이와 홀리 가디언의 NPC라는 것이었다.

"가시죠."

그들은 말을 몰고 아소포 숲으로 향했다.

가는 동안 파논은 오래 갇혀 있던 스트레스를 풀려는 듯 이것저것 많은 걸 요구했다.

대부분 다 쉽거나, 음식이라 거절할 이유가 없었다.

위험한 곳도 두 사람이 있다면 별게 아니었다.

"즐겁습니까?"

"예. 헤헤! 너무 재밌어요. 지금까지 성에 갇혀 있다 보니 더 즐겁네요."

"아소포 숲에 가면 무언가 해답이 나올 겁니다."

"그랬으면 좋겠네요."

파논은 슬픈 눈으로 아까 산 오르골을 만지고 있었다.

그녀의 방에 오르골은 많지만 모두 비싸고, 화려하기 짝이 없는 것들이었다.

지금 쥐고 있는 것은 그것들과 달리 볼품없는 나무 오르골이었다.

나오는 소리도 맑지 않았다.

하지만 파논은 그걸 좋아했다.

"저기요."

그때 아이리스가 가이덴을 불렀다.

가이덴과 공주가 동시에 돌아봤다.

"아, 공주님은 계속하세요. 잠시 용사랑 할 얘기가 있어서."

"아, 네."

파논이 고개를 돌려 다시 오르골을 보았다.

가이덴은 잠시 기다리란 말을 남기고 아이리스에게 다

가갔다.

"왜요?"

"마기가 느껴져요."

"마기?"

"네. 이쪽을 노골적으로 노리고 있어요. 목적은 역시 공주일 테고요."

마마야루 대륙엔 마기를 다루는 존재가 거의 없었다.

하지만 마계 침공 이후 마계로 돌아가지 못한 마족들은 많았다.

그들은 여기저기 숨어 살며 인간이나 몬스터를 습격해 양분으로 삼았다.

"너무 길다 싶더니, 마족이 얽힌 퀘스트였나?"

"사실 마족이 아니면 말이 안 되긴 했어요."

가이덴은 수긍하는지 고개를 끄덕였다.

아스가르드나 명계(冥界), 마계 정도가 아니라면 그들을 위협할 수 있는 적이 마마야루나 아틀란티스 대륙엔 없었다.

그러니 마족의 소행이 분명했다.

그것도 생각보다 강한 마족이.

"귀족급이겠군요."

"위치는 대충 파악했어요."

"벌써요?"

"아무래도 상극이잖아요."

아이리스의 클래스 세인트 오더는 모든 성직자 위에 군림하는 존재다.

교황은 아니었지만, 교황보다 더한 권한을 가지고 있었다.

"지금 바로 쓸어버리고 올까요?"

"그런데 그쪽에서 당신이 있다는 걸 모를까요?"

"함정이라고 말하고 싶은 건가요?"

"가능성인 거죠. 생각해 봐요. 세인트 오더가 이곳에 있는 걸 아는데도 마기를 느낄 수 있을 정도로 뿜어낸다? 그건 마기를 못 감추는 하급 마족이거나, 아니면 대놓고 낚시하는 귀족급 마족이거나. 둘 중 하나예요."

"그럴듯하네요."

"아이리스 님이 여길 지키고 계세요. 제가 다녀올 테니까."

"괜찮겠어요?"

"후작급 이상만 아니면 어떻게든 됩니다."

가이덴은 2년 전에 비해 극단적으로 강해지진 않았다.

그래도 그때와 달리 지금은 후작급 귀족을 충분히 죽일 수 있었다.

"설마 공작급은 아니겠죠?"

"그런 무서운 농담 하지 마요."

파논을 노리는 게 공작급 이상의 마족이라면 골치 아파지는 걸 떠나서 전멸이다.

가이덴과 아이리스가 합을 맞추면 분명 강하지만, 공작

급부턴 팔왕과 견줄 수 있는 괴물이었다.

팔왕 중 둘을 공작급 마족이 죽이지 않았던가.

팔왕 중에서도 가장 뒤떨어진다지만, 현재 가이덴은 팔왕급도 되지 못했다.

"…혹시 모르니까 튈 준비 하시고요."

"저 스크롤 없는데."

"아니, 그런 기본적인 것도 준비 안 하고 다녀요?"

"아니, 뭐. 딱히 필요 없을 줄 알았죠."

"하아! 좀 챙기면서 다니자구요, 파트너 씨."

"헤헤."

"받아요."

가이덴이 긴급 탈출 스크롤을 건네주었다.

동반 3인까지 10킬로미터 바깥으로 도망치게 해 주는 스크롤이었다.

"저쪽으로 쭉 들어가면 있어요."

"놈이 움직이거나 하면 메시지로 계속 알려 줘요."

"알겠어요."

가이덴은 무장을 마치고 공주에게 다가갔다.

"잠깐 주변을 살피고 올게요."

"무, 무슨 일 있는 건가요?"

두 사람이 심각하게 대화하는 모습을 멀리서 봤는지 파논은 약간 겁먹은 얼굴이었다.

가이덴이 웃으며 고개를 저었다.

"별거 아니니까 걱정 마시고. 아이리스 옆에 딱 붙어 있어요."

"조심해요."

"다녀올게요."

가이덴은 파논과 아이리스에게 인사를 하고 이름 모를 숲으로 들어갔다.

✠ ✠ ✠

숲 안쪽으로 들어오니 가이덴에게도 마기가 느껴졌다.

이 정도면 절대 하급 마족은 아니었다.

가이덴은 온갖 버프 스킬을 몸에 둘렀다.

최소 귀족급으로 봐야 하니, 방심은 금물이다.

"그보다 몬스터가 한 마리도 안 보이잖아. 왜 이걸 몰랐지?"

보통 필드엔 작은 몬스터라도 몇 마리 보이는 법이다.

한데 지난날을 상기해 보니 몬스터 한 마리 보지 못했다.

"노골적이군."

가이덴은 주변을 끊임없이 살피며 마기가 있는 곳으로 걸어갔다.

마기의 주인은 꼼짝도 하지 않았다.

그 자리에서 마치 그를 기다리는 것처럼 고요할 뿐이었다.

"마기가 잔뜩 퍼져서 스모그 현상이 일어났어."

앞이 잘 보이지 않을 정도였다.
가이덴은 용사의 힘을 뿜어내 마기를 몰아냈다.
주변이 순식간에 청정해졌다.
그 순간.
쉬리리릭!
주변 나무들이 굵은 가지를 늘려 촉수처럼 뻗어 왔다.
"흥!"
이런 공격은 용사인 그에게 통하지 않았다.
빛을 한 번 더 내뿜자 마기에 침식된 모든 나무가 소멸했다.
가이덴은 곧장 마기가 있는 곳으로 달렸다.
땅이 갈라지며 수십 개의 뿔이 솟구쳤다.
그는 빛의 날개를 펼쳐 하늘로 날아올랐다.
공기 중에 검은 마기의 구체가 떠올라 광선을 쏘았다.
가볍게 방향을 선회하며 광선을 피했다.
동시에 검을 들어 외쳤다.
"빛이여!"
허공에 수많은 빛의 검이 소환되었다.
가이덴이 검을 밑으로 꽂자 빛의 검들이 일제히 아래로 떨어졌다.
마치 굵은 빛줄기가 쏟아지는 것 같았다.
콰가가가앙!
지변이 폭발하듯 흙먼지를 피웠다.

"걸어라!"

바닥에 박힌 빛의 검들이 일제히 입자 단위로 부서졌다.

그러자 먼지가 한순간에 쓸려 나갔다.

그리고 가이덴은 인상을 찌푸릴 수밖에 없었다.

"역시 함정이었나?"

마기의 근원지엔 마기에 범벅된 오크 하나가 이지를 상실한 채 바위에 누워 있었다.

의문의 마족이 오크에게 대량의 마기를 억지로 주입해 놓은 것이었다.

「아이리스:가이덴 님! 크, 큰일 났어요!」

「아이리스:고, 공작급 마족이에요!」

이래서 항상 말을 조심해야 한다.

Chapter 3

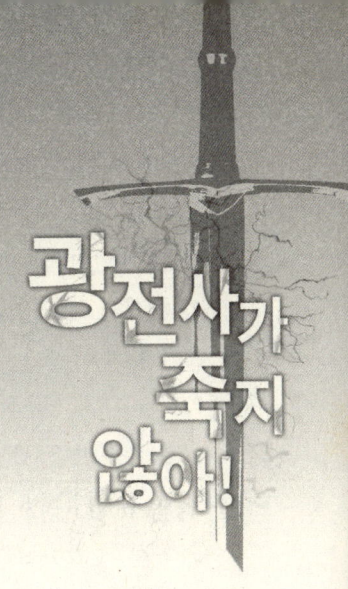

광전사가 죽지 않아!

가이덴은 곧장 있던 곳으로 돌아갔다.

아까와 달리 전력으로 비행하자 도착하는 건 순식간이었다.

문제는 도착했을 땐 이미 상황이 종료된 이후였다.

격렬한 전투가 있었는지 주변 꼴은 난장판이었다.

가이덴은 주변을 둘러보다가 아이리스를 발견했다.

아이리스는 처참한 꼴로 바닥에 처박혀 있었다.

멀지 않은 곳에 파논의 하인이 상반신과 하반신이 나눠진 채 죽어 있었다.

파논은 보이지 않았다.

"…왔어요?"

아이리스는 굉장히 힘겨운 얼굴로 입을 열었다.

클래스 특성상, 아이리스는 공격력이 낮은 대신 강력한 자가 재생 능력을 가지고 있었다.

 가이텐도 그녀를 한 방에 녹이는 게 아니라면 로그아웃시킬 자신이 없을 정도였다.

 한데 자가 재생 능력이 제대로 발휘 안 될 정도로 크게 당했다.

 마계 침공 때를 제외하면 그녀가 이렇게까지 무력한 모습을 본 적 없었다.

"어떻게 된 일입니까?"

"어떻게 되고 자시고 순식간이었어요."

 아이리스는 불과 5분 전에 있었던 일을 설명해 주었다.

✿ ✿ ✿

"루카 공작… 처음 들어 보는 이름인데."

 마계 공작이면 절대 흔한 존재가 아니다.

 마계 침공 때 군단급 병력을 운용하던 건 모두 마계 공작들이었다.

 그 수는 고작해야 넷밖에 안 되었고, 당연하지만 누군지 모두 알고 있었다.

 그중 루카라는 이름의 공작은 존재하지 않았다.

"처음 보는 얼굴이었어요."

 아이리스는 영웅 중 한 명이기에 항상 최전선에서 마왕

군과 맞서 싸웠다.

그리고 그녀와 함께 싸운 사람이 바로 가이덴이었다.

가이덴이 안다면 아이리스도 알고, 가이덴이 모른다면 아이리스도 모른다.

"설마."

가이덴의 치료를 받던 아이리스가 뭔가 생각났는지 그를 돌아보았다.

"왜요?"

"그쪽이 아니었을까요?"

"갑자기 뭔 소립니까?"

"분노의 마왕 쪽 공작이요."

마왕군은 총 두 개였다.

가장 먼저 대륙을 침공한 칠흑의 군대.

전쟁의 끝물에 갑자기 튀어나온 분노의 군대.

분노의 군대는 분노가 요격당하는 순간, 천계의 집중 공세를 버티지 못하고 대부분 소멸했다.

"마계 공작 정도 되면, 특히 후방에 있었다면 몸 하나 빼는 건 일도 아니었을 거예요."

"일리 있군요. 일이 복잡해지는군."

"어쩌죠? 공작이 상대라면 저희만으론 역부족이에요. 다른 영웅들에게 도움을 구해야 해요."

"지금 도와줄 수 있는 영웅은 무극화랑 앤서(Answer) 정도뿐이에요. 소서리스는 레벨이 너무 낮아서 한창 성장

중이잖아요. 도움은커녕 발목만 붙잡을 겁니다. 그리고 무극화는… 그 배신자 새끼 언급도 하지 말자구요."

무극화는 마계 침공 때 분노의 마왕을 대륙 북동쪽 평원에 강림시켰다.

알고 보니 분노의 마왕이 선대 용사를 죽일 수 있게 설계한 것도 선대 무극화였단다.

"그렇다면 앤서뿐인데."

"연락이 안 되죠."

또 다른 에픽 클래스이자 7영웅 중 한 사람인 앤서.

그는 방랑벽이 매우 심한 남자였다.

심지어 연락 자체가 거의 안 되어 필요할 때 나타난 적이 한 번도 없었다.

"다른 에픽 클래스들은요? 그… 알딘 님이라든가?"

"알딘 형이요?"

가이덴의 표정이 시무룩해졌다.

그는 고개를 저었다.

"형이 했던 말이 있어서 안 돼요."

"끄응."

알딘은 마계와의 전쟁에서 승리하고 돌연 동료들에게 이 말을 남겼다.

'나 찾지 마라.'

연락하지 말라는 말이었다.

자신에게 도움을 구하지 말라는 말이었다.

가이덴도 간간이 그와 대화를 나누긴 했지만, 근황 자체는 잘 알지 못했다.

"그럼 어떡해요?"

"창식이… 창식이한테 한번 물어볼까요?"

"에엑!"

이번엔 아이리스가 노골적으로 싫어했다.

신의 사도인 세인트 오더와 마왕 후계자인 창식이는 서로에게 상극이었다.

그냥 게임 설정이니 그러려니 하고 넘어가고 싶어도, 두 사람이 실제로 만나면 빛과 어둠이 요란한 효과를 발생시켜 주변을 어지럽게 만들었다.

그렇다 보니 자연스럽게 심리적으로도 서로를 꺼리게 됐다.

"직접 와서 도와달라기보다는 정보 같은 걸 얻자 이거죠."

"그거라면, 뭐."

직접 마주하지만 않으면 상관없는 모양이었다.

가이덴은 곧장 창식이에게 통신을 걸었다.

(엥? 무슨 일이야?)

"지금 한가하냐?"

(나야 늘 한가하지.)

"그럼 하나만 묻자."

(근데 옆에 그 여자 있어?)

뜬금없는 질문에 가이덴이 움찔거렸다.

이놈은 또 그걸 어떻게 안단 말인가?

설마 랜선상으로도 상극의 기운이 느껴지기라도 하나?

아니면 감시 카메라라도 있나?

가이덴이 말을 않고 있자 창식이 너털웃음을 터트렸다.

(하하! 뭐, 옆에서 지켜보고 있다거나 그런 거 아니니까 걱정 말라고.)

"…소름 끼치니까 그런 농담은 자제하라고."

(그냥 거머리처럼 형 옆에 붙어 다니니까 물어본 거지.)

은연중에 싫어하는 감정을 거머리란 표현으로 내비친다.

가이덴이 어색하게 웃었다.

옆에서 보고 있던 아이리스는 가이덴의 태도에 고개를 갸웃거렸다.

(그래서 물어볼 게 뭔데?)

"아, 이번에 마계 공작 하나랑 엮여서 말이야."

(마계 공작? 누구?)

"루카라고 알아?"

(루카? 잠시만.)

그 말을 남기곤 잠깐 동안 침묵이 흘렀다.

곧 창식이 밝은 목소리로 나타났다.

(알아냈어. 분노의 마왕 소속 귀족이 맞아. 근데 이 녀석,

백작인데?)

"뭐? 백작일 리가 없어. 마기의 양이 장난 아니었다고."

(흠! 그럼 그건가?)

"짐작 가는 거라도 있어?"

(분노 쪽 생존자한테 듣기를 마왕의 핵이 깨져 나가며 사방으로 튀었다나 봐. 아무래도 그때 파편 몇 개 챙긴 게 아닌가 싶은데.)

"마왕의 핵의 파편······."

(그럼 백작이라도 공작급의 힘을 손에 넣을 수 있지.)

"일이 골치 아파졌네."

(마족 관련 사건이라면 우리랑도 무관하진 않은데. 도와줘?)

"그럼 좋겠지만."

가이덴이 아이리스를 보았다.

그녀는 생각보다 눈치가 빨랐다.

가이덴의 표정을 보고 대충 무슨 대화가 오가는지 느낀 모양이었다.

그녀가 양팔을 교차시키며 고개를 크게 저었다.

"안 된단다."

(뭐, 그럴 줄 알았어. 아무튼 정 힘들면 연락하라고. 분노의 잔당 처리는 우리 쪽도 열심히 하고 있는 일이라서.)

"영역은 잘 수습했냐?"

(이젠 내 거야.)

"겁나게 출세했네. 누군 왕 따까리 노릇이나 하고 있는데."

그 뒤로 짧은 안부 인사 정도만 하고 통신을 끊었다.

"무슨 통신을 그렇게 길게 해요? 그냥 물어볼 것만 딱딱 물어보면 되지."

"전 그쪽이랑 달리 사이가 좋거든요."

"쳇!"

아이리스가 옷에 묻은 먼지를 털었다.

"그래서 뭐래요?"

"원래 백작이었대요. 아무래도 분노의 마왕이 죽으며 힘의 핵이 파괴되는 과정에서 파편이 사방으로 튄 모양이에요. 그때 몇 개 챙겨서 공작급 힘을 지닌 게 아닌가 싶다네요."

"골치 아프네요."

"그나마 다행인 건, 루카라는 놈이 결과적으로 백작이었다는 거예요."

"그게 왜 다행인데요?"

"아니, 그렇게 마족들이랑 싸워 놓고 모르겠어요?"

"뭔데요?"

"마족은 계급에 따라 힘의 차이만 나는 게 아녜요. 전투 숙련도도 큰 차이가 있어요."

가이덴의 말대로 마족들은 계급에 따라 전투 능력이 프로그래밍되어 있었다.

"그러니까 놈은 큰 힘을 가졌지만, 실력 자체는 백작이라는 겁니다."
"근데 힘 자체가 크면 그것도 무의미한 거 아닌가요? 공작급에서나 떨어진다 뿐이지······."
"지금은 긍정적으로 생각하자고요. 놈은 어디로 갔죠?"
"저쪽이요."
아이리스가 가리킨 방향은 그들의 당초 목적지였다.
"속도를 올리죠."
한 달 동안 공을 들인 퀘스트를 여기서 끝낼 순 없었다.
그리고 파논의 죽음 역시 보고 싶지 않았다.
가이덴이 빛의 날개를 활짝 펼쳤다.
아이리스도 그를 따라 천사의 날개를 펼쳤다.
두 사람이 빛살과 같은 속도로 아소포 숲으로 향했다.

✤ ✤ ✤

파논은 무거운 눈꺼풀을 들어 올렸다.
그녀는 몽롱한 정신으로 주변을 둘러보았다.
나무가 빼곡한 숲이었다.
그런데 아무런 냄새도 나지 않았다.
보통 숲이라면 풀 내음이 잔뜩 나야 할 텐데.
마치 가짜로 구성된 것처럼 불쾌했다.
그때 누군가 파논에게 다가왔다.
"빛의 흔적치곤 너무 작군."

목소리는 모기처럼 웽웽거렸다.

파논이 정신을 못 차리고 있을 때 누군가의 손가락이 그녀의 턱을 강하게 치켜세웠다.

"없는 것보단 낫나?"

파논은 흐릿한 시야 속에서 목소리의 주인을 보았다.

창백한 보라색 피부와 넘실거리는 붉은 머리칼은 도저히 인간 같지 않은 기운이 흘러나오고 있었다.

'살려 줘.'

입술이 벌어지지 않았다.

성대가 울리지 않았다.

'구해 줘.'

금방이라도 꺼질 것 같은 의식 속에서 파논은 누군가를 강하게 떠올렸다.

'도와주세요.'

파논이 눈을 감았다.

한때 분노의 진영에서 백작위를 가지고 있던 루카가 씩 웃으며 커다란 손으로 그녀의 얼굴을 움켜쥐었다.

"이 힘이라면 마왕님의 일부를 복원할 수 있을 거야."

루카의 가슴에 달린 수정체가 번쩍였다.

붉은 마기가 솟구쳤다.

그것은 분노의 마왕의 마기였고, 수정체는 바로 핵의 파편이었다.

고작 일부이건만 백작이었던 그를 단숨에 공작급 마족

으로 탈바꿈시킨 힘의 덩어리였다.

"그리고 나 역시 조금 더 강해지리라!"

문제는 그뿐만이 아니었다.

루카가 가지고 있는 파편은 고작 하나가 아니었다.

당시 수십 개로 분열된 파편 중 여섯 개나 가지고 있었다.

문제는 루카의 능력이 부족한 탓에 모든 파편의 힘을 끌어 쓸 수 없었다.

하지만 빛의 흔적을 가진 이 인간 여자만 죽인다면 파편 하나를 더 사용할 수 있을 것이다.

"크흐흐흐!"

힘의 충동에 휩싸인 루카가 머리를 움켜쥔 손으로 대량의 마기를 공급했다.

악력으로 터트릴 수도 있지만, 마기를 이용해야만 빛의 흔적을 조금 더 온전하게 회수할 수 있다.

"잘 가거라, 인간!"

루카가 움켜쥔 손에 힘을 주었다.

그와 동시에.

[저스티스 필드(Justice Filed)]

숲 전체가 황금빛으로 물들었다.

황금의 밧줄이 튀어나와 루카의 팔을 옭아맸다.

[세인트 스피어(Saint Spear)]

강력한 신성력의 창이 허공에서 만들어지더니, 그대로 루카의 머리를 꿰뚫었다.

화르륵-!
루카의 몸이 불꽃처럼 타오르며 그대로 사라졌다.
"피해!"
가이덴이 아이리스를 옆으로 밀치며, 그 역시 반대편으로 몸을 던졌다.
콰아아앙!
붉은 마기가 그들이 서 있던 곳에 맹렬하게 꽂혔다.
"꽤 빠르게 찾아왔군!"
아무렇지도 않게 허공에서 나타난 루카가 씩 웃으며 두 사람을 향해 손을 뻗었다.
붉은 마기가 광선이 되어 일대를 휩쓸었다.
가이덴은 황금빛 방패로, 아이리스는 신성의 방패로 공격을 막았다.
루카는 혀를 차며 아이리스를 보았다.
"너부터 다시 죽여 주지."
루카의 신형이 수많은 잔상을 그리며 아이리스 앞에 도달했다.
신성력을 터트렸지만, 루카의 마기가 오히려 그녀의 힘을 압도했다.
"꺄아악!"
[밀리언 소드]
하늘 위로 수많은 황금빛 검이 만들어졌다.
그것들은 일제히 방향을 역전해 검극을 땅으로 향했다.

"용사라더니, 확실히 놀랍군."

모든 검이 다시 방향을 틀었다.

목표는 루카.

"요격!"

수백 자루의 검이 단 한 명을 위해 일제히 떨어지는 광경은 가히 압도적이었다.

루카 역시 지금 공격은 쉽게 받을 수 없다고 생각했다.

그래서 막지 않기로 했다.

콰가가가가가강!

희뿌연 먼지가 사방으로 피어올랐다.

"처치했나?"

"그런 말은 금물이라고?"

가이덴이 급히 검을 들어 방어를 취했으나.

푸욱-

"크헉!"

"잘 가시게, 용사 양반."

루카의 손이 그의 심장을 관통했다.

그가 다시 손을 빼려 할 때.

"…안 되지."

"……!"

가이덴이 루카의 팔을 세게 움켜쥐었다.

NPC였다면 방금 공격으로 죽었을 수도 있지만, 그는 플레이어였다.

"네놈이라면 이런 식으로 나올 줄 알았어."

진짜 공작이었다면 용사를 상대로 이런 안일함을 보이지 않았을 것이다.

"네놈!"

"죽어, 븅신아."

[골든 임팩트(Golden Impact)]

거대한 황금빛 힘이 숲을 완전히 휩쓸어 버렸다.

✠ ✠ ✠

마족은 직책에 따라 힘의 차이가 나지만, 부여된 인공지능도 그만큼 차이가 난다.

예컨대 공격이 날아올 때 반응할 수 있는 경우의 수가 늘어나는 것이다.

직책을 넘어서는 인공지능을 가진 마족들은 보통 게임사에서 어느 정도 특별 취급을 받는 인물들이다.

별개로 여러 인과 관계가 뒤엉켜 인공지능은 그대로지만 큰 힘을 손에 넣는 인물도 있었다.

루카 백작이야말로 바로 그런 인물이었다.

"크아아아아아악!"

루카가 곧 죽어도 이상하지 않을 비명을 내질렀다.

기본적으로 용사의 힘은 신성력과 흡사했다.

마족에겐 천적이나 다름없는 힘이었다.

루카는 전신이 새까맣게 타 버렸다.

그을린 연기가 그의 고통을 대변하듯 탄내가 기분 나쁘게 퍼졌다.

"후우! 네놈이 진짜 공작급 마족이었으면 나를 상대로 방금 같은 어리석은 짓은 하지 않았을 거다."

가이텐은 용사였다.

신화의 시대에 마족들에게 공포의 대상이었던 바로 그 용사 말이다.

그 힘은 선대 용사와 비교하면 민망한 수준일지라도, 공작급 마족이라도 등한시할 수 없었다.

한데 대놓고 팔을 몸에 꽂아 버렸다.

그래.

여기까진 그럴 수 있다.

인간에게 심장이 파괴된다는 건 목숨을 잃는다는 거니까.

하지만 가이텐은 모험가이기도 했다.

"모험가는 심장이 파괴된 정도로 죽지 않거든."

힘이 쭉 빠지긴 하지만, 그렇다고 못 움직일 정도는 아니었다.

더군다나 용사에겐 자체 회복 스킬이 있었다.

빠르게 HP가 차오르며, 뚫린 구멍이 수복되기 시작했다.

"주, 죽인다! 네놈들 죽여 버린다!"

"아이리스!"

"안 그래도 준비가 끝났어요!"

[빛의 심판]

세인트 오더의 특수기!

루카의 발밑에 신성한 문자가 새겨지기 시작했다.

"이건 뭐야?"

"죄인을 가두라!"

채쟁-!

루카의 주변으로 둥글게 빛의 창살이 솟아났다.

빛의 창살이 하얀 스파크들로 이어지며 눈부신 광채를 내뿜기 시작했다.

"이깟 거!"

루카가 거대한 마기를 일으켰다.

마기가 빛에 침범하자, 굉장한 충격파가 발생하기 시작했다.

아이리스의 얼굴이 구겨졌다.

그녀는 아랫입술을 꽉 물고 죽일 기세로 신성력을 일으켰다.

쿠구구구구-!

"죄인은 무릎을 꿇으라!"

"크윽!"

하늘에서 한 줄기의 빛이 루카의 머리 위로 떨어졌다.

루카는 안간힘을 쓰며 버텼지만, 그의 마기로도 절대적인 신성을 버티는 건 불가능했다.

결국 무릎이 하나씩 바닥에 닿았다.

굴욕이었다.

"이 버러지 같은 새끼들이!"

"죄인은 입을 다물라!"

"으읍!"

모든 창살이 빛의 끈을 풀어 루카의 입을 포박했다.

"죄인은 죄를 들으라."

창살 바깥으로 네 개의 빛의 석판이 솟아올랐다.

석판엔 신성한 문자가 빼곡하게 적혀 있었다.

석판이 '감옥'을 빙그르르 돌기 시작했다.

루카의 눈이 부릅떠졌다.

그가 뜨고 싶어서 뜬 게 아니었다.

빛이 그의 눈을 강제로 열어 버린 것이다.

거기서 끝이 아니었다.

고개가 강제로 빳빳하게 들리며 석판의 내용을 읽기 시작했다.

그렇게 마지막 석판의 내용까지 읽게 되었을 때.

"죄인은 심판받을지어도."

참작의 여지는 없었다.

"으으읍! 으읍읍읍!"

빛이 폭발했다.

세인트 오더는 신의 사도.

그 힘은 마(魔)에게 절대적으로 작용했다.

특히 특수기인 빛의 심판은 힘의 총량이 시전자보다 크더라도 신의 권능을 끌어다 쓰는 능력이기에 감히 벗어날 수 없었다.

물론 준비 시간이 길다는 단점과 실패할 가능성이 매우 농후하단 단점이 존재했다.

특히 죄라는 것 자체가 쉬이 판별할 수 없는 거라 애매하다 싶으면 죄를 듣는 과정에서 무죄가 판결 나는 경우가 많았다.

그 외에도 마왕처럼 신에 필적하거나 그 이상의 강자라면 억지로 심판의 권능을 파훼할 수 있었다.

"하아……"

다행히 루카는 그 정도로 강하지 않았고, 죄 역시 뚜렷해 심판이 제대로 작용했다.

"고생했어요."

아이리스가 힘겹게 웃는 것으로 대답을 대신했다.

가이덴은 정신을 잃은 파논에게 다가갔다.

다행히 이상한 짓은 당하지 않았는지, 외관상에 상처는 보이지 않았다.

머리에 손을 올렸다.

"정화."

황금빛이 파논의 몸을 훑었다.

탁한 마기가 연기가 되어 흘러나왔다.
파논이 무거운 눈꺼풀을 뜨기 시작했다.
"다 끝났습니다."
가이덴의 한마디에 파논은 다시 잠에 들었다.
얼굴에 옅은 미소가 돌고 있으니, 이제야 안심한 듯 보였다.
"돌아가죠."
어느새 회복을 마친 아이리스가 뻐근한지 어깨를 돌렸다.
"드디어 끝났네요."
"으, 전 한숨 자야겠어요."
"스크롤 찢을게요."
가이덴은 파논을 등에 업고 귀환 스크롤을 찢었다.

☩ ☩ ☩

가이덴과 아이리스는 국왕에게 보상을 받고, 공주를 구해 낸 일국의 영웅이 되었다.
이런 일이 한두 번도 아니라 두 사람은 덤덤했다.
아이리스는 피곤하다며 곧바로 로그아웃했고, 가이덴은 그토록 질리던 성에 남아 쉬고 있었다.
공주가 눈을 뜨는 건 보고 떠날 생각이었다.
가이덴이 평소처럼 성 꼭대기에서 밖을 내다보고 있을 때였다.

"용사님."

"그때 봤던 그 기사군."

"예. 공주님이 깨어나셨단 얘기를 전하기 위해 왔습니다."

"알겠어. 금방 가지."

"그럼."

기사는 저번처럼 등을 돌리고 사라졌다.

가이덴은 기지개를 크게 켜고 공주의 방으로 향했다.

공주의 방 앞에 보초가 둘 서 있었다.

그들은 가이덴을 보자 고개를 숙였다.

"안에서 기다리고 계십니다."

"수고해."

보초가 문을 열어 주자 그 안으로 들어갔다.

"아, 용사님!"

"건강해 보이십니다."

파논이 생각보다 활기찬 얼굴로 가이덴에게 손을 흔들었다.

그녀를 간호하던 하녀들이 조심스럽게 뒤로 물러났다.

"괜찮아요?"

"속이 조금 안 좋긴 한데 살 만은 하네요."

"속이 안 좋은데 뭘 드시고 있는 거예요?"

파논의 손엔 마늘로 양념한 빵이 들려 있었다.

"헤헤! 배가 너무 고파서."

"조금만 참으세요. 괜히 그런 거 먹었다가 더 탈 나면 힘든 건 공주님입니다."
"치! 잔소리는."
"아무튼 괜찮아 보여서 다행입니다. 걱정 않고 떠날 수 있겠어요."
"가시는 건가요?"
"네."
"다음에 또 놀러 오실 건가요?"
파논이 시무룩한 얼굴로 물었다.
가이덴은 그녀의 얼굴을 가만히 쳐다보다가 씩 웃었다.
"들를 일이 있다면요."
"히히! 약속!"
파논이 새끼손가락을 내밀었다.
가이덴은 말없이 그녀의 손가락에 자신의 손가락을 걸었다.

✥ ✥ ✥

마지막으로 국왕에게 인사를 남기고 왕성을 나왔다.
왕성 아래 도시를 지나며 가이덴은 하늘을 올려다봤다.
여전히 맑은 날씨였다.
"좋다."
약간의 아쉬움이 남긴 하지만, 이런 엔딩도 나쁘진 않은 것 같다.

다음엔 어디로 가야 할까?

가이덴은 깍지 낀 손을 머리 뒤에 대고 휘파람을 불었다.

그때 멀지 않은 곳에서 꼴사나운 커플의 대화 소리가 들렸다.

"으아! 이거 뜨거운데?"

"근데 맛있어요. 자기도 먹어 봐."

"으으! 이건 너무 징그럽다. 전갈을 어떻게 먹어?"

"전에 중국 갔을 때 어쩌다 먹어 봤는데 새우 맛 나요."

"새우?"

"아~ 해 봐."

"으음, 아~"

가이덴은 살짝 부러움 반, 불편함 반의 얼굴로 커플의 뒷모습을 보았다.

"어?"

그런데 뭔가 낯익다.

남자는 엄청 장신은 아니지만, 큰 키에 머리색이 피처럼 새빨갛다.

여자는 성숑 브랜드의 모험가 복장으로 도배가 되어 있다.

가이덴은 설마 하는 마음에 그쪽으로 다가갔다.

그리고 확신할 수 있었다.

"형님?"

"어? 네가 여긴 웬일이냐?"

"가이덴 씨네?"

꼴사납다고 생각한 그 커플은 바로 알딘과 레아였다.

가이덴은 두 사람 손에 들린 꼬치구이를 보았다.

하나는 염통처럼 생긴 꼬치였고, 하나는 전갈이 통째로 꽂혀 있는 꼬치였다.

"그러는 형님네야말로 여긴 어쩐 일이에요?"

"우리야 뭐 발 닿는 곳으로 하염없이 이동하다 보니 이곳에 도착했지."

"요새 홀리 가디언 국토대장정 한단 얘기는 들었는데, 그거 실제로 하고 있는 거였어요?"

"뭐, 그렇지."

"가이덴 씨는 여기 무슨 일인데요?"

레아가 전갈 꼬치를 아무렇지도 않게 뜯어 먹으며 물었다.

그 모습이 심히 괴이했지만 뭐라 할 수가 없었다.

"저야 뭐 왕성 퀘스트 때문에 머물고 있었어요. 그것도 오늘로 끝이지만."

"아하! 아이리스는? 한 세트잖아."

"이번 퀘스트가 꽤 빡세 가지고 피곤하다며 자러 갔어요. 형님네는 요즘 어떻게 지내고 있는 겁니까?"

"네가 말했잖아. 국토대장정 중이라니까."

"그거 말고요."

"그거 말고? 우리 뭐 하고 다니나?"

"그냥 돌아다니고, 먹고, 자고, 싸고. 끝인데요?"

가이덴은 말을 말 걸 하고 후회했다.

"여긴 언제까지 있을 생각이신데요?"

"그것도 몰라. 질리면 떠나는 거고, 안 질리면 조금 더 머무는 거고. 근데 왕성치고 생각보다 안 커서 금방 떠나지 싶은데."

"자유롭네요."

"자유롭지."

뭘 묻냐는 듯 알딘이 씩 웃으며 말했다.

가이덴은 하늘을 올려다봤다.

새 한 마리가 날개를 활짝 편 채 비행하고 있었다.

"부럽습니다."

"너도 해."

"이런 생활도 꽤 재밌어요."

부부가 똑같이 꼬치를 베어 물며 말했다.

가이덴이 어색하게 웃으며 대답했다.

"전 조금 더 고생할게요."

"그것도 좋지."

알딘이 씩 웃었다.

가이덴은 아직 갈 길이 멀었다.

한 단계, 한 단계 위로 올라가기 위해선 지금보다 더 노력해야 한다.

여유를 부릴 때가 아니다.

"다음에 또 봬요."

"오냐."
"가세요."
가이덴은 알딘 부부를 뒤로하고 다시 여정을 떠났다.
그의 모험은 끝나려면 아직 한참 남았다.

✢ ✢ ✢

새까만 토양 위에 세워진 난폭한 성에 수많은 마족이 몰려들고 있었다.
그들은 모두 연미복을 입고 있었는데, 하나같이 이름 좀 날린 고위 마족들이었다.
그들은 현재 누군가를 축하하기 위해 이 성 앞에 모인 것이다.
그때 문이 열리며 3미터 정도 되는 근육질 마족이 걸어나왔다.
근육질 마족은 몰린 인파를 보며 우렁차게 외쳤다.
"모두 주목하시오!"
얼마나 쩌렁쩌렁한지 웅성거리던 이들을 단숨에 침묵시켰다.
좌중이 그에게 시선을 돌렸다.
"곧 파티의 준비가 끝나오. 하니 각자 준비해 온 선물을 저쪽에서 받을 것이니, 저쪽으로 이동해 주시길 바라오."
근육질 마족의 말에 몇몇 마족이 눈살을 찌푸렸다.

그들 중 제법 연륜이 있어 보이는 노마족이 앞으로 걸어 나왔다.

"너무 건방지구만. 우린 축하를 하러 왔지, 너희의 지시를 받으러 온 게 아니다."

꿈의 마왕 소속 마족 후작 아이카폰이었다.

산양을 닮은 그가 근육질 마족에게 천천히 다가갔다.

"그리고 주인 된 자도 아니면서, 말투가 너무 건방지구나."

아이카폰이 마기를 섞어 목소리를 내었다.

하나 근육질 마족은 반응조차 하지 않았다.

그저 뚱한 눈으로 아이카폰을 바라볼 뿐이었다.

대놓고 무시하자 아이카폰이 불처럼 화를 냈다.

"이놈이 감히 내가 누군지 알고……!"

그러나 그의 말은 끝까지 이어지지 못했다.

"시끄럽군."

퍽-!

근육질 마족의 주먹이 아이카폰의 머리를 단숨에 터트렸다.

모두가 눈을 동그랗게 떴다.

그 정도로 충격적인 사건이었다.

근육질 마족, 베놈이 모두에게 재차 말했다.

"나의 주인이시자 새로이 마왕으로 취임하신 타가스기 님의 성에서 난동을 부리는 자가 있다면, 이 베놈이 절대 가만두지 않을 것이다."

"베, 베놈!"

"저자가 바로 그 베놈……!"

"분노의 영토를 임시로 다스리던 대공 하야스를 죽여 버린 그 괴물 같은 베놈!"

베놈이란 말에 좌중이 술렁였다.

베놈은 만족스러운 얼굴로 입꼬리를 올렸다.

오늘은 새로운 마왕의 취임식이 있는 날.

절대 혼란스러운 분위기는 허락할 수 없었다.

✠ ✠ ✠

2년 전, 인마대전 직후 주인을 잃은 분노의 영토는 인근 마왕들의 먹잇감이 되었다.

다행히 소식을 가장 빠르게 접한 데다 위치도 가까웠던 칠흑의 마왕이 재빨리 손을 써 가장 많은 영토를 차지했다.

분노의 성을 포함해 세력이 가장 활발하게 성장한 남쪽 지대를 모두 흡수하니, 칠흑의 마왕의 군세는 마계에서도 수위를 다툴 정도가 되었다.

하지만 분노 휘하에 있던 귀족들은 믿을 수 없어, 결국 칠흑 휘하의 귀족을 파견해야 그곳을 원활하게 다스릴 수 있었다.

칠흑의 마왕은 누굴 보낼까 곰곰이 생각하다가 언젠가 유지를 이어받을 마계 대공 타가스기가 경험을 쌓으면 좋겠다 싶어 그를 분노의 성에 보냈다.

 거기서 홀로 성장하길 2년.

 타가스기, 창식이는 칠흑의 예상을 아득히 뛰어넘을 정도로 성공하고 말았다.

 그의 인망은 어릴 때와 달리 매우 두터워져 따르는 마계 귀족들이 많아졌다.

 침공해 오는 다른 마왕의 세력을 상대로 선전해 적들을 복속시키기도 했다.

 창식이의 세력이 자연스레 많아지고, 창식이 자체도 상상 이상으로 많은 힘을 비축하게 되었다.

 칠흑의 마왕은 창식이의 성장을 보며 처음엔 뿌듯해하다가 점차 커지는 걸 보면서 어느 순간부터 위협을 느끼기 시작했다.

 그는 창식에게 이제 그만 돌아오라는 전서를 보냈지만, 전서는 무시당했다.

 그리고 창식이에게 이스터에그가 발생했다.

 창식이는 한때 분노의 마왕이 앉던 왕좌에 몸을 기대고 있었다.

 이제 스물 중반인 그는 얼굴의 윤곽이 완전히 잡혀 더 이상 애로 보이지 않았다.

 "마왕님."

 창식이가 샹들리에를 보며 감상에 젖어 있을 때 신하 하나가 그를 불렀다.

신하는 분명 그를 마왕이라고 불렀다.

그렇다.

창식이는 마왕이 되었다.

칠흑의 마왕을 배신한 순간 발생한 이스터에그는 그를 새로운 마왕으로 만들어 주었다.

신하가 고개를 숙인 채 바깥의 상황을 보고했다.

"베놈이 말이지?"

"그렇사옵니다. 아이카폰 후작은 꿈의 마왕이 친애하는 마족이옵니다. 베놈이 벌인 짓은 마왕님께 친서를 보낸 꿈의 마왕의 노여움을 사게 되리라 생각하옵니다."

꿈의 마왕은 마계에서도 서열이 낮은 마왕이었지만, 이제 막 마왕이 된 창식이와 비할 수 없었다.

만약 이번 일을 걸고넘어진다면 시작부터 골치 아파지는 건 창식이었다.

그러나 창식이는 대수롭지 않은 표정이었다.

"괜찮다."

"예?"

신하가 예를 잊고 고개를 들었다.

가뜩이나 칠흑의 마왕을 등진 상태라 적을 늘리는 건 절대 좋지 못했다.

꿈의 마왕이 창식에게 친서를 보낸 이유는 그녀가 칠흑과 사이가 매우 안 좋기 때문이었다.

한데 양쪽 다 사이가 나빠지면 소위 말하는 양각을 잡히게 된다.

"이유를 여쭤도 되겠습니까?"

"그건 조금 있다 확인하면 된다."

주인의 웃음에 신하는 불길한 느낌을 받았다.

그러나 티를 낼 수 없어 알겠다는 말과 함께 물러갔다.

창식은 팔걸이에 팔을 올리곤 턱을 괴었다.

곧 그가 마왕이 된 걸 축하하는 연회가 시작된다.

감회가 새로웠다.

운 좋게 에픽 클래스가 되어 볼 꼴, 못 볼 꼴 다 겪으며 결국 이 자리까지 오르게 되었다.

모든 플레이어 중 최고라 할 순 없겠지만, 그 어떤 플레이어라도 이룰 수 없는 위대한 업적이었다.

"슬슬 일어나 볼까."

아무래도 마계의 연회다 보니 지인들을 부를 수 없었다.

창식이는 그게 조금 아쉽긴 했지만, 어차피 조금 있다 벌어질 일을 누군가에게 보여 주는 건 조금 그렇다.

그는 희미한 미소를 머금고 왕좌에서 일어났다.

✥ ✥ ✥

칠흑의 마왕과 적대하는 모든 마왕이 사신을 보냈다.

수많은 선물이 창고에 빼곡하게 쌓였다.

하나만 현금화해도 가치가 엄청날 것들이었다.

아마 게임으로 세계적인 부자가 될 수 있는 유저가 누구냐고 하면 십중팔구는 창식이를 가리킬 것이다.

마왕이란 그런 것이었다.

창식은 시녀들이 입혀 주는 옷을 보며 만족스러운 얼굴을 했다.

새하얀 셔츠와 그 위로 남색 비단을 쓴 조끼를 입었다.

조끼엔 금색으로 고급스러운 수실이 그려져 있었다.

하의는 다리 라인이 길어 보일 수 있도록 특수 제작된 검은 면바지였다.

구두는 조끼와 맞춘 남색.

그 위로 깃이 높게 선 붉은색 망토를 둘렀다.

마치 대중에게 잘 알려진 드라큘라 백작 같은 모습이었다.

머리도 하얀색이라 흑백 배열이 생각보다 잘 어울렸다.

적어도 창식이는 그렇게 느꼈다.

"괜찮군."

"만족하셨다니 다행입니다."

마계의 패션 디자이너 샬던이 활짝 웃었다.

남자인 그는 화장을 진하게 했는데, 살짝 광대처럼 보이기도 했다.

창식은 꼿꼿한 깃을 손가락으로 만져 주었다.

칠흑의 마왕은 몸 전체가 가스로 이루어져 의복 같은 건 필요하지 않았다.

그래서 이런 복장은 꽤 신선했다.
"연회장엔 얼마나 모였지?"
"다 모였습니다. 바로 입장하시면 될 것 같습니다."
"알았다."
곧 연회가 시작된다.
자신이 직접 주최한 연회였다.
거의 긴장하지 않았지만, 설렘이 없는 건 아니었다.
오늘을 기점으로 모든 마왕이 자신을 주목하게 되리라.
그리고 알딘 역시 자신을 인정해 줄 것이다.
"형은 부를 걸 그랬나."
다른 사람은 몰라도 알딘에게만큼은 이 모습을 보여 주고 싶었다.
2년 전 전쟁에서 창식은 결국 알딘을 넘지 못했다.
전쟁은 싫었지만, 속으론 자신의 힘이 알딘에게 어디까지 통하는지 확인하고 싶었다.
결과는 처참했다.
뭔가 열심히 했지만, 결과만 놓고 봤을 때 알딘에게 약간의 피해밖에 주지 못했다.
"그것도 다 옛일이지."
알딘은 은퇴했다.
사실 게임에 은퇴라는 말이 웃기긴 하지만, 그는 더 이상 레벨이나 스펙 업에 목을 매지 않았다.
처음엔 이해할 수 없었다.

알딘은 누가 뭐래도 독보적인 세계 최강이었다.

활동을 그만둔 지 1년이 넘었지만, 지금도 그를 이길 수 있다고 확신하는 유저는 존재하지 않을 것이다.

마왕이 된 창식이도 솔직히 자신 없었다.

그렇기 때문에 그의 인정에 집착을 하는 걸지도 모른다.

"다음에 따로 자리를 마련하자."

창식이는 마왕이었지만, 아이러니하게도 완전한 마왕이 아니었다.

그는 허공에 떠 있는 퀘스트창을 보았다.

그곳엔 완수란 표시가 떠 있지 않았다.

연회장은 시끌벅적했다.

그만큼 많은 마족이 모였다.

모두가 어딜 가도 꿀리지 않을 세력가였고, 여러 마왕의 신임을 받는 이들이었다.

그중엔 서로를 적대하는 마족도 있어 한바탕 싸움도 벌어졌다.

말리는 이는 없었다.

모두가 구경하며 껄껄 웃었다.

그러다 수틀리면 다시 싸우고, 죽이고, 욕하고!

말 그대로 마족의 연회였다.

그러나 그들의 소란도 누군가의 등장에 침묵되었다.

"마왕 타가스기께서 입장하십니다!"

모든 마족의 시선이 일제히 왕의 단상으로 향했다.

타가스기는 평범하게 안쪽에서 걸어 나왔다.

딱히 위엄이랄 건 없었다.

긴 망토를 이끌고 시종들의 보필을 받아 왕좌가 놓인 단상에 올랐다.

그리고 비스듬히 고개를 돌려 축하하기 위해 이곳에 온 손님들을 보았다.

약간의 침묵이 맴돌았다.

타가스기가 양쪽 입꼬리를 위로 살짝 들어 올리며 말했다.

"모두 환영하오."

그 짧은 인사로 연회가 시작되었다.

✥ ✥ ✥

연회란 참 귀찮은 것이었다.

수많은 마계 귀족이 길게 줄을 서 창식이 앞에 서 있었다.

그들은 챙겨 온 진상품을 바치며 자신들의 주인이 전하라는 말을 그에게 전하고 있었다.

분명 가지고 온 선물이 있다면 창고에 넣으라고 했는데,

진짜 중요한 건 따로 꿍쳐 놓은 모양이었다.

 창식의 충실한 심복인 베놈도 이런 사태까진 예견하지 못했는지 당황한 얼굴이 되었다.

"고맙다."

"아닙니다. 저희 마왕님의 전언을 잊지만 말아 주시길."

"노력하지."

이 말만 백 번은 넘게 한 것 같다.

분명 연회에 초대받은 이는 한정적일 텐데, 줄은 끝을 모르고 이어져 있었다.

창식은 한숨을 참을 수가 없었다.

옆에서 눈치를 보던 베놈이 차례가 되어 다가오는 마족 앞을 막아섰다.

"왜 그러시오?"

"진상품은 여기까지만 받겠소."

"그게 무슨 말도 안 되는 소리요? 내 앞에서 끊다니? 적어도 나까지만 허락해 주시오."

"안 되오. 마왕님께서 많이 피곤하신 관계로 여기까지만······."

"괜찮다."

창식의 허락에 베놈이 떨떠름한 얼굴로 뒤로 물러났다.

가로막혔던 마족은 베놈에게 눈을 치켜뜨며 욕을 중얼거렸다.

"대해의 마왕님께서 보내신 선물입니다."

"고맙다."

"이건 마왕님께서 함께 보내신 편지입니다. 혼자 계실 때 읽어 보시길."

"알겠다."

그 뒤로도 정말 몇 시간을 이랬는지 모르겠다.

연회는 정말 할 게 못 되는구나 싶었다.

칠흑의 마왕이 왜 단 한 번도 연회 같은 걸 열지 않았는지 깨달을 수 있었다.

뭐, 그래도 오늘이 지나면 이런 짓 따위 안 해도 된다.

원하지 않아도 그렇게 될 것이다.

✠ ✠ ✠

마지막 사신의 진상품을 받고 모든 게 끝이 났다.

창식은 한숨을 거하게 내쉬며 뒷목을 문질렀다.

베놈은 면목 없는 얼굴로 그에게 사죄했다.

"죄송합니다. 설마 진상품을 따로 숨기고 있을 줄은 몰랐습니다. 거기다 합심이라도 한 것처럼 한꺼번에 몰려오니 어찌할 수가……."

"됐다. 오랜 세월을 살아온 작자들이야. 이런 일이 한두 번 있던 것도 아닐 테고, 다 예견하고 있었겠지."

창식은 와인을 입에 머금고 혀를 굴렸다.

감미로운 포도 향은 개뿔.

쓰고 떫은 알코올 향에 눈살을 찌푸렸다.

술은 언제 마셔도 적응이 되지 않는다.
심지어 마계의 술이다 보니 독하기는 정말 어지간했다.
한 모금 마신 잔을 베놈에게 넘겼다.
대신 마늘을 입힌 비스킷으로 입 안을 달래 주었다.
"슬슬 때가 됐어."
"'연설'을 준비할까요?"
"그래."
베놈이 남은 와인을 한입에 털어 넣고 자리를 떴다.
연회의 분위기는 나쁘지 않았다.
이대로라면 성공적인 마왕 데뷔가 될 것이다.
하지만 그런 건 재미없지 않은가.
창식은 왕좌에서 일어나 단상 앞으로 걸어갔다.
베놈의 지시를 받은 사용인들이 준비해 놓은 증폭 장치를 그 앞에 세워 두었다.
모든 마족들이 그곳으로 시선을 돌렸다.
아무래도 준비한 연설을 하려는 모양이었다.
과연 수백 년 만에 새롭게 마왕이 된 이가 무슨 말을 할지 몹시 기대가 되었다.
창식은 좌중을 쭉 훑으며, 소리 증폭 장치를 손가락으로 툭툭 건드렸다.

찌이잉-!!

귀 아픈 소리가 실내에 울려 퍼졌다.

"작동은 잘되는군."

창식은 뒷짐을 진 채 마이크 앞에 입을 가까이 가져갔다.

"오늘 이곳에 찾아와 주신 모든 분들께 감사를 표하는 바이오. 나는 이제 막 마왕이 된 처지라 아는 게 많이 없소. 그래서 마왕이란 무엇인지, 마계란 무엇인지에 대해 조금 알아보려고 하오."

무엇을 알아본단 말인가?

마족들은 궁금해졌다.

귀를 쫑긋 열고 그의 말을 경청했다.

"별것 아니오. 마계란 사실 굉장히 직관적인 세계이니, 그에 걸맞은 행동이야말로 마계가 무엇인지, 마왕이 무엇인지 알 수 있을 거라 생각했소."

"……."

"마계에선 모두가 적이오. 아군 같은 건 없지. 필요에 의한 협력 관계는 있을 수 있지만, 친구란 관계가 어디 있겠소?"

모두가 수긍하는 분위기였다.

당장 2년 전만 해도 분노의 마왕과 칠흑의 마왕은 꽤 각별한 관계였다.

그렇다고 친구는 아니었다.

친구였다면 칠흑의 마왕은 분노의 마왕의 복수를 하려 들었을 테니까.

둘은 그저 조금 각별한 협력 관계 그 이상도, 이하도 아니었다.
"그렇기 때문에 저도 그럴 생각이오."
 마족들이 그의 말을 이해하기도 전에 곳곳에서 검은 갑옷으로 중무장한 마왕군이 소환되기 시작했다.
 그들은 각기 다른 도검을 무장한 채 손님으로 온 마족들을 포위했다.
"나는 딱히 당신들의 주인과 친하게 지낼 생각이 없어."
"자, 잠깐!"
"이게 무슨 짓입니까?"
"미친 짓 그만하시오! 모두를 적으로 돌릴 생각이오?"
"말했잖아. 마계에선 모두가 적이라고. 내가 이런 짓을 벌여도."
 병사들의 눈에서 붉은 안광이 번뜩였다.
"결국 이해관계가 맞아떨어지면 힘을 합치는 게 마족이야."
"미친 작자!"
"자, 잠깐만! 살려 줘!"
"으아아악!"
"꺼억!"
 곳곳에서 비명 소리가 들려왔다.
 창식은 허공을 바라봤다.
[띠링! 퀘스트가 완료되었습니다!]
[당신은 지금부터 '피의 마왕'입니다.]

그는 볼 것도 없다는 듯 몸을 돌렸다.

✠ ✠ ✠

"오늘은 라스테로스 호수에 가 보자."
"호수는 왜요?"
"새로 산 이걸 써 보게."
나는 황금색 낚싯대를 레아에게 들어 보였다.
레아가 이게 대체 뭐냐는 얼굴로 내게 해명을 요구했다.
"바로 어제 일이었지."
불과 하루 전.
레아가 회사 일로 바쁠 때, 나는 홀로 암시장을 돌아다녔다.
암시장은 '블랙 티켓'이란 게 없으면 입장이 불가능하지만, 내가 누구인가.
은퇴 전엔 세계에서 가장 영향력 있는 남자였다.
블랙 티켓 같은 건 인벤토리에 수십 장은 쌓아 놓고 있었다.
혹시 얼굴을 알아볼 수 있으니 동방에서 구한 인피면구를 착용하고 시장을 구경했다.
정말 오만 걸 다 팔았다.
드래곤의 눈깔부터 시작해서 신의 콧털, 머리카락, 코딱지 등.

더러운 것도 잔뜩 있었다.

웃긴 건 위에 나열한 게 다 진품이라는 점이다.

그렇게 한창을 구경하다 구석에 앉아 있는 노파를 발견했다.

노파는 물건을 딱 하나만 팔고 있었는데.

"…그게 그 낚싯대?"

"그렇지."

노파가 말하길.

"던지면 온갖 게 다 꼬인대."

"상태창은 확인해 봤어요?"

"물론이지."

"뭐라고 써 있는데요?"

"음."

나는 황금색 낚싯대의 상태창을 떠올렸다.

[골-든 낚싯대]
레벨:O
등급:유니크
내구도:제한 없음
특수 효과:낚시가 잘된다.
특징:기묘한 힘을 가진 낚싯대. 사용하는 것만으로 베테랑 낚시꾼이 될 것만 같다.

"조, 좋아. 그냥."
레아의 얼굴이 일그러졌다.

✤ ✤ ✤

우리는 곧장 라스테로스 호수로 향했다.

라스테로스 호수는 아틀란티스 북서쪽에 있는 호벤 산맥에 둘러싸인 거대한 겨울 호수였다.

나와 레아 모두 겨울의 추위 따윈 완전 면역이지만, 그래도 느낌을 내야 한다며 레아가 셩숑에서 제작한 두툼한 흰 털 재킷을 입혔다.

"엄청 가볍네."

"하포쉽의 털로 만들었어요."

"어쩐지."

하포쉽은 양처럼 생긴 거대 몬스터였다.

굉장히 난폭한 성질을 가지고 있었는데, 하포쉽의 털은 부드럽고 가볍기로 유명했다.

문제는 하포쉽 자체가 강력한 몬스터였고, 특수한 방법으로 죽이지 않으면 털을 얻을 수 없었다.

즉, 비싸단 말이었다.

"따뜻하죠?"

"그건 모르지."

"하긴."

다시 말하지만 겨울의 추위는 우리에게 아무런 감흥도 줄 수 없다.

 양털 재킷을 입든, 벗든 똑같다는 얘기였다.

 "현실에 이런 소재가 있으면 진짜 엄청 좋을 텐데."

 "현실보다 게임에 있는 시간이 긴 주제에."

 "그래도~"

 우리는 별 영양가 없는 잡담을 떠들며 호벤 산맥의 정상을 찍고 반대편 아래로 내려갔다.

 그렇게 얼마나 걸었을까.

 "도착했다."

 우리는 눈앞에 펼쳐진 장관에 환한 웃음을 지었다.

 하늘에서 떨어지는 새하얀 눈발과 그 눈발에 덮여 순백에 휩싸인 넓은 숲, 그리고 그 중심에서 기울처럼 얼어 있는 광활한 호수까지.

 이곳이 홀리 가디언 10대 자연경관 중 하나인 라스테로스 호수였다.

 다만 아름다운 것과 별개로 사람이 올 만한 곳이 아니라서 구경 온 사람은 아예 없었다.

 "일단 밥부터 먹을까?"

 "오늘은 김밥이에요."

 "또?"

 "네!"

 레아가 밝게 웃었다.

이 귀여운 프랑스 여자는 한 달 전부터 김밥에 꽂혔다.

※ ※ ※

"자, 시작해 볼까!"
"오오!"
레아가 핑크색 낚싯대를 들고 내 옆에 섰다.
나 혼자만 즐길 수는 없으니, 잡화점에서 괜찮아 보이는 걸 그녀에게 선물해 주었다.
심드렁해할 줄 알았는데, 막상 낚시할 생각을 하니 신난 모양이었다.
"컵라면도 챙겨 왔어요."
"오!"
"낚시할 땐 라면이라면서요?"
"그건 맞지."
컵라면이 아니라 끓이는 라면이라고 알고 있지만, 종류가 무슨 상관이랴.
나는 찌에 미끼를 달았다.
미끼는 고급 어종인 자이언트 웨일의 살점이었다.
포획 난이도 자체가 상상을 초월하는 만큼 가격도 상상을 초월했는데, 맛도 그만큼 상상을 초월했다.
다른 유저가 보면 미쳤다고 하겠지만, 내게 이 정도는 아무것도 아니었다.

"꼈어?"
"네, 꼈어요."
"그럼 이렇게 낚싯대를 뒤로 젖히고."
"젖히고."
"힘껏 던져!"
"얍!"
내 자세를 따라 레아가 낚싯대를 호수로 집어 던졌다.
"그아아악! 내 귀! 귀귀!"
안타깝게도 호수가 아니라 내 귀에 걸렸다.

✢ ✢ ✢

"이렇게 고정해 둔 다음에 의자에 앉아 있으면 된대."
"된대는 또 뭐예요? 안 해 봤어요?"
"나도 낚시가 처음이야."
"허어! 해 본 적도 없으면서 암시장에서 그걸 산 거예요?"
"응."
"난 또 여러 번 해 본 줄 알았네."
"오빠가 기가 막힌 생선 잡아 줄 테니까 딱 기다리고 있어."
"퍽이나."
우리는 하염없이 호수를 바라보았다.
정확히는 수면 위에 동동 떠 있는 찌를 보고 있었다.

벌써 30분이 지났건만 미동도 하지 않는다.

"……."

"……."

한 시간이 또 흘렀다.

아무리 남는 게 시간이라지만, 1시간 30분 동안 찌는 꼼짝도 하지 않았다.

불어오는 바람에 살짝 흔들렸을 뿐이다.

나는 눈동자만 굴려 레아의 얼굴을 확인했다.

레아는 역동적인 성격이라 가만히 있는 걸 잘하지 못했다.

'왜 아무 말도 안 하지?'

벌써 한마디 했을 법도 한데, 1시간 30분째 가만히 있으니 더 무섭다.

눈동자만 굴려선 레아의 얼굴을 볼 수 없다.

아주 조용히, 침착하게 고개만 옆으로 돌렸다.

백옥 같은 레아의 볼이 보였다.

살짝 고개를 기울여 그녀의 얼굴을 들여다보려는 순간.

"뭐 해요?"

"아, 아니."

레아와 눈이 마주쳤다.

레아는 한심한 눈으로 나를 쏘아봤다.

그러곤 나지막이 한숨을 쉬었다.

"그만 가죠. 풍경 구경도 이만하면 오래 한 것 같고."

"그, 그럴까?"

"그리고, 그 낚싯대 버려요. 확 분질러 버리기 전에!"

"으응······."

다행히 욕은 안 먹었다.

나는 자리를 정리하는 레아를 보며 우울한 얼굴로 낚싯대를 회수했다.

그 순간이었다.

찌가 수면 아래로 폭 꺼졌다.

낚싯대가 격렬하게 휘기 시작했다.

"어어?"

"왜요?"

"물었어! 물고기가 물었어!"

"진짜?"

"진짜!"

나는 손잡이를 꽉 붙들고 몸을 뒤로 당겼다.

"힘이 엄청난데?"

이래 봬도 나는 신이었다.

아틀란티스에 존재하는 고대의 괴물이 와도 어쩌지 못하는 영역에 도달해 있었다.

한데 미끼를 문 녀석은 뭐 하는 놈인지 믿을 수 없는 힘을 가지고 있었다.

"도울까요?"

"아냐!"

릴을 꽉 붙잡았다.

고작 낚시에 힘을 쓰고 싶지 않지만, 어떤 놈인지 얼굴은 꼭 봐야 되겠다.

나는 힘껏 릴을 안쪽으로 돌리며 줄을 당겼다.

한 걸음씩 뒤로 물러나면서 좌우로 몸을 뒤트는 녀석의 통제에 나섰다.

"엄청난 놈인데 그래!"

"그냥 들어가서 잡으면 안 돼요?"

"그럼 느낌이 안 살잖아!"

아닌 말로 수면 아래로 손가락만 담가도 호수에 사는 모든 생명체를 죽일 수 있었다.

그게 무슨 재미인가?

은퇴 이후 욜로 라이프를 살면서 한 가지 다짐했다.

어지간한 일엔 신력을 쓰지 말자.

신력을 쓰면 모든 게 다 쉬워지고 만다.

레아 역시 그걸 알고 있어 가만히 상황을 지켜봤다.

"그으윽!"

몸이 다시 호수 쪽으로 끌려갔다.

순수한 완력은 나보다 더 강하다!

이건 인정할 수밖에 없었다.

레벨만 따져도 1,500을 넘은 나였다.

"아틀란티스에 이런 괴물이 있다고?"

"그, 그러게요."

레아도 이쯤 되니 믿기 어려웠는지 말을 더듬었다.

"쳇!"

나는 혀를 차며 숨을 크게 들이마셨다.

이대로라면 호수에 빠지는 건 나였다.

그럴 수는 없는 노릇.

물속에 빠지는 건 상관없지만, 그게 타의에 의한 거라면 자존심이 용납하지 않았다.

"레아, 물러나."

"신력 쓰려고요?"

"아니."

굳이 신력을 쓸 필요도 없다.

"이봐, 오랜만에 힘 좀 쓰지 그래?"

-흥! 몇 년 동안 방치한 수제에 이제 와서?

"그러니까 오랜만에 힘 좀 쓰자고, 파트너."

-젠장 맞을 놈!

'악신의 파편'이 부르르 진동하기 시작했다.

검은 기운이 검집 안에서 새어 나왔다.

검은 기운은 그대로 내 몸을 갑옷처럼 휘감았다.

특히 무릎과 고관절, 허리, 어깨, 팔 전체를 단단히 무장시켰다.

그 꼴을 본 레아가 말했다.

"차라리 신력을 써요……."

"신력을 쓰면 정말 재미없다니까!"

그거나 그거나.

레아는 속으로 생각했지만, 남편의 웃기지도 않는 자존심을 지켜 주기 위해 입을 다물었다.

"간드아아아아앗!"

당겨지던 몸이 서서히 우뚝 멈췄다.

그리고 한 걸음, 두 걸음 뒤로 다시 물러나기 시작했다.

낚싯대가 부러질 것처럼 팽팽해졌지만 상관없었다.

황금색 낚싯대는 내구도가 무한이었으니까!

"웃차!"

몸을 반대로 비틀어 낚싯대를 힘껏 위로 젖혔다.

"와아-!"

레아가 입을 가리고 탄성을 질렀다.

산보다 훨씬 커다란 물고기가 하늘을 완전히 가렸다.

✤ ✤ ✤

라스테로스 호수엔 신비한 전설이 있었다.

물론 이 전설을 아는 유저는 단 한 명도 없었다.

그러니 나와 레아가 모르는 것도 정상이었다.

"호수가 눈에 보이는 게 다가 아니었구나."

"그러게요."

우리는 현재 어지간한 산보다 더 큰 물고기의 상태창을 읽으며 고개를 끄덕였다.

라스테로스 호수는 보이는 면적도 어마어마하지만, 수면 아래는 그보다 열 배는 거대한 수저(水底)가 존재했다.

이 안으로 들어가 본 유저가 없으니, 누구도 그런 사실을 알지 못한 것이다.

그리고 산처럼 큰 생선은 이 호수의 지배자인 '라스테로스'였다.

호수의 이름을 이 녀석의 이름에서 따온 것이다.

"진짜 말이 안 되긴 하네요. 이런 걸 고작 낚싯대 하나로 잡다니."

"그래서 게임이지."

"게임이라도 선을 넘었어요."

"솔직히 인정하는 부분이야."

나는 헛웃음을 지으며 바닥에 누워 있는 황금색 낚싯대를 보았다.

"근데 이거 어떻게 먹어요?"

"…먹을 수 있기는 한 거야?"

"식재료라 되어 있어요."

라스테로스의 설명에 분명 그렇게 명시되어 있었다.

"그럼… 해체 한번 해 볼까?"

"꺄악! 오빠 멋져!"

"이럴 때만 오빠지."

"꺄악! 오빠!"

나는 고개를 절레절레 저으며 오른손엔 악신의 파편, 왼손엔 화이트를 들었다.

-파, 파트너? 설마 날 가지고 이 미친 듯이 큰 생선을 해체할 생각은 아니지?

"괜찮아. 비린내는 잠깐이야."

-자, 잠깐! 나는 이래 봬도 한때 세상을 공포로 물들인 악신의 눈이었다고?

"괜찮아. 생각해 보니까 넌 코도 없잖아."

-잠깐! 잠깐! 으아아아아! 내, 냄새가!

"검이 냄새도 다 맡고 참 신기한 세상이야."

나는 라스테로스의 꼭대기로 올라가 현재 열심히 등살을 가르고 있었다.

이 정도 크면 핏물을 빼거나 비늘을 제거하는 것 자체가 불가능한 일이었다.

그러니 먹을 수 있는 정도만 썰어서 그 후에 처리하는 게 나았다.

"다 됐어요오오오오!"

저 아래서 레아의 목소리가 들렸다.

그 녀석, 목청 한번 크다.

"뱃살도 좀 가져갈게!"

사실 등살, 뱃살 이게 의미가 있나 싶긴 하지만.

그래도 부위가 다르면 맛도 다를 게 분명했다.

"후! 등살은 이 정도만 하고. 어디 뱃살을."

잘라 놓은 등살을 인벤토리에 집어넣고, 뱃살 쪽으로 걸

어갈 때였다.

"인간."

누군가 나를 불러 세웠다.

뒤를 돌아보니 익숙한 뭔가가 서 있었다.

나는 멍한 얼굴로 그를 쳐다보다가 입을 열었다.

"프로토스……?"

너무 똑같이 생겼잖아?

전생까지 합치면 홀리 가디언을 15년 넘게 했다.

장담하건대 저렇게 생긴 종족은 다른 게임에서 말고는 본 적이 없었다.

"넌 뭐냐?"

"나는 르뤼에의 전사 하칸이다."

"르뤼에?"

어디서 많이 들어 본 이름이었다.

떠올려 보려 했지만 기억나는 건 없었다.

"…그래서 나한테 무슨 볼일인데?"

"인간, 너는 우리의 시험을 통과했다."

"시험?"

뜬금없이 무슨 소리를 하는 거야?

본 적도 없는 놈이 나타나서 시험을 통과했다고 하니 어이가 없었다.

"이 녀석, 라스테로스를 쓰러트리지 않았나?"

"그게 시험이라고?"

"그렇다. 이 녀석은 자격이 있는 자를 찾기 위해 우리가 풀어놓은 인조 생명체다."

"뭔 생명체?"

"인조 생명체. 르뤼에의 뛰어난 생명과학기술로 탄생시킨 대반신용 전략 병기다."

"……"

홀리 가디언에 이런 설정이 있었던가?

"물론 시험용으로 설정을 바꿔 평범한 어류처럼 호수를 배회하게 했다. 그러다 너 같은 자가 나타나면 힘을 시험해 자격을 테스트하지."

"뭘 위한 테스튼데?"

"인간, 우릴 좀 도와줘야겠다."

"싫어."

고민할 것도 없이 단칼에 거절했다.

하칸은 처음에 잘못 들은 줄 알았는지 재차 말했다.

"우릴 좀 도와줘야겠다."

"싫다고."

"…충분한 보상을 준비해 두었다. 인간의 문명으론 절대 가질 수 없는 극도로 발달한 과학 문명의 정수가 담긴 병기다."

"필요 없어."

"어, 어째서지?"

하칸이 울상을 지으며 물었다.

물론 코랑 입이 없어 울상을 짓고 있는 줄도 몰랐다.

"나는 그딴 거 없어도 돼."

"필요한 게 있다면 말하라. 우리가 준비할 수 있다면 반드시 준비해 주지."

"그러니까 필요 없다고."

"대륙 끝에서 끝까지 이동할 수 있는 워프기가 필요한가? 바로 줄 수 있다."

"나도 있어."

"그렇군. 너도 가지고 있나? 아니, 인간의 기술력으론 발명할 수 없을 텐데?"

"세상엔 꼭 과학만이 절대적인 건 아니라서."

"마법사였나? 마법사는 필요가 없는데. 그 이전에 마법사는 라스테로스를 잡을 수 없는데."

하칸은 두 손으로 머리를 누르며 중얼거렸다.

많이 혼란스러워 보였다.

나는 그를 보다가 몸을 돌리고 다시 뱃살 쪽으로 걸어갔다.

"잠깐!"

"아, 귀찮게 굴지 마. 뭔지 몰라도 안 도와줄 거야. 할 게 얼마나 많은데."

사실 백수나 다름없어 넘치는 게 시간이었다.
하지만 솔직하게 말할 수는 없지 않은가?
"정녕 불가능한가?"
"어."
나는 쪼그려 앉아 두 자루 검으로 뱃살을 가르기 시작했다.
-오오, 여긴 엄청 부드럽네.
"원래 뱃살이 그래."
-근데 저 녀석 계속 너 보고 있는데?
"집요한 놈이야, 아주. 그냥 확 없애 버릴까?"
-어우! 살벌한 놈.
"이 정도면 넉넉하게 먹겠지?"
라스테로스의 뱃살은 상상 이상으로 핑크빛이 진했다.
참치 대뱃살도 이 정도 색감은 아니었다.
"흠! 이 정도 사이즈면 이거 전체가 지방층이겠는데?"
윤기가 어마어마하다.
몇 입 먹으면 바로 느끼해질 것 같았다.
"인벤토리는 음식 부패를 막아 주니 상관없겠지."
적당히 썬 뱃살을 인벤토리에 넣고 그대로 뛰어내렸다.
"다 했어요?"
"어. 생긴 게 기가 막혀. 바로 손질해서 먹으면 될 것 같아."
"어디 봐 봐요."

나는 넓은 천을 바닥에 깔고 뱃살과 등살을 올려놨다.

크기가 거의 토막 낸 참치급이었다.

라스테로스의 덩치를 생각하면 사실 피부를 아주 살짝 벗겨 온 수준에 불과했지만.

"근데 저 외계인처럼 생긴 녀석은 누구예요?"

내가 비늘 제거를 하려 할 때, 레아가 뒤를 가리키며 물었다.

"기어코 따라왔네."

"인간… 부탁이다. 우리를 도와다오."

"싫다고 했잖아. 자꾸 귀찮게 하면 너 진짜 큰일 난다."

나는 의도적으로 힘을 일으키며 경고했다.

미약한 수준이었지만 1,500레벨이 넘어가면 평범한 동물 정도는 그대로 죽일 수 있었다.

하칸도 느꼈는지 몸을 흠칫 떨었다.

"오오! 상상한 것보다 훨씬 강한 인간이었군……!"

"쟤 누군데요?"

"하칸이라고, 르뤼에란 곳에서 왔대. 라스테로스는 자신들을 도와줄 인간을 시험하기 위해 준비해 둔 것이었고."

"엥?"

"아무튼, 위에서 있는데 갑자기 나타나서 자꾸 도와달라잖아. 귀찮게."

"도와주면 되잖아요."

"엥?"

설마 레아가 이런 말을 할 줄 몰랐다.

내가 무슨 말을 하냐는 얼굴로 쳐다보자, 레아는 어깨를 으쓱이며 말을 이었다.

"저 정도로 애원하는 거면 정말 간절한 모양인데. 그냥 도와줘요. 시간도 남아도는 양반이."

"아, 아니, 내가 무슨 시간이 남아돈다고……."

"기둥서방 맞잖아요. 이봐!"

레아는 강력한 팩트 폭격을 연달아 날리고, 하칸에게 손을 흔들었다.

내가 정신을 못 차리고 있는 사이 하칸이 조심히 이쪽으로 다가왔다.

"이이가 정확히 뭘 도와줘야 하는데?"

"그대는 이 인간의 연인인가?"

"남편이야."

"일단 고맙단 말을 하고 싶군."

하칸은 대화를 다 듣고 있었는지 레아에게 고개를 90도로 숙였다.

"예의 바르네."

"내 소개를 다시 하지. 나는 르뤼에 소속 3번대 대장 하칸 로하임이다. 현재 르뤼에는……."

"잠깐, 잠깐. 그 전에 르뤼에가 뭔데?"

밑도 끝도 없이 르뤼에의 3번대 대장이라고 하면 어떻게 알아듣는단 말인가?

그제야 하칸도 자신이 뭘 실수했는지 깨달은 눈치였다.

"아, 르뤼에란 오랜 세월 아틀란티스를 수호해 온 우리 람스인의 나라이자 도시이다."

"아틀란티스를 수호해?"

"그렇다. 아틀란티스 깊은 곳엔 이차원과 연결된 통로가 존재하지. 우리는 그곳에서 나타나는 이계인들이 수면 위로 오르지 못하도록 아틀란티스를 수호하고 있다."

"오빠."

레아가 흥미롭단 눈으로 나를 돌아보았다.

나는 고개를 저었지만, 눈이 돌아간 레아를 막을 수 있는 건 세상에 존재하지 않았다.

"재밌어 보이는데, 무조건 하죠?"

"젠장……."

선택권은 없었다.

"출발하겠다."

하칸은 신기하게 생긴 원판 위로 우리를 태우고, 허공에 떠오른 반투명한 구체에 손을 넣었다.

그러자 원판이 붕 떠오르며 순식간에 호수 안으로 들어갔다.

우리는 당황할 틈도 없이 물속으로 들어가게 되었다.

나와 레아가 숨을 꽉 참은 얼굴을 하자, 하칸이 뒤를 돌아보며 말했다.

"괜찮다. 이 위에 있으면 물에 젖지도 않고, 수중 호흡이 가능하다."

"지, 진짜네?"

"엄청 신기해."

"이 정도는 별것도 아니다. 수중 생활을 하는 우리에겐 너희가 옷을 입는 것과 마찬가지지."

"그러고 보니 너흰 알몸으로 다니네?"

 알몸이긴 하지만 인간과 달리 달려 있을 게 달려 있지 않았다.

"성의 구분은 이미 초월한 지 오래다. 우리는 오로지 인공 배양으로만 탄생한다."

"진짜 SF 영화에서나 볼 법한 종족이네."

"패치 중에 얘네 관련된 건 없었죠?"

"어. 잠수함 패치인가?"

"무슨 말을 하는지 모르겠군."

 직접적으로 게임을 암시하는 단어 등은 게임 속 인물들이 인지하지 못하도록 프로그래밍되어 있었다.

"다 왔다."

 호수 아래는 앞이 보이지 않을 정도로 어두웠다.

 벌써 수심 2킬로미터 지점이다.

 이때부턴 심해라고 불리는 세계였다.

하지만 이곳은 민물이었다.

심해란 말이 어울리는가?

나는 문득 궁금해져 하칸에게 질문했다.

"야, 보통 이쯤 되면 심해라 부르는 깊이잖아."

"그렇다."

"그런데 여긴 민물이잖아. 뭐라고 부르냐?"

"여긴 바다다. 그러니 심해가 맞아."

"…무슨 소리야?"

"호수는 우리가 인공적으로 만든 것이다. 호수의 단면을 넘어가는 순간, 그 아래는 진짜 바다가 시작된다."

"아니, 호수도 니들이 만든 거야?"

"그렇다."

뭐, 죄다 이놈들이 만들었단다.

어이가 없었다.

'잠깐, 설마?'

이만한 과학기술을 가진 종족은 람스인 말고도 고대에 존재했다.

바로 갓킬러를 건조한 고대의 왕국.

그들의 기술력 역시 인간의 레벨을 한참 벗어나 있었다.

심지어 지금보다 훨씬 덜 발달한 세상이었다.

"또 하나만 물어보자."

"무엇이지?"

"인간 기준으로 고대 시대가 언제인지 알고 있지?"

"새브람 대전쟁 전과 후라는 것 정도는 알고 있다."

새브람 대전쟁은 쉽게 말하자면 홀리 가디언의 설정 놀음이었다.

새브람 대전쟁이 있고, 고대의 왕국들은 대부분 멸망했다. 그 이후 세워진 나라들을 기점으로 중세가 시작되었다.

"혹시 고대 시대에 과학기술이 극도로 발전했던 나라를 알고 있냐?"

그들은 마법이 아닌 기술로써 강력한 골렘을 만들었다.

신을 죽일 수 있는 배를 건조했고, 그 외에도 많은 기술을 보유하고 있었다.

하칸은 잠시 생각에 잠긴 얼굴을 하더니, 기억났다는 듯 고개를 끄덕였다.

"당시에 나는 존재하지 않았지만, 기록은 본 적 있다. 그때의 람스인들은 어쩌면 자신들이 아틀란티스를 지키지 못할 수도 있단 생각에 인간들에게 기술을 전수해 줬다더군. 어리석은 인간들은 그 힘으로 만용을 부려 천계의 노여움을 사 멸망했다지."

"허허."

"그런데 그건 왜 묻지?"

"아니야."

설마 진짜였다니.

어쩐지 고대 왕국의 기술력이 너무 뜬금없긴 했다.

이들이 존재했다면 아다리가 들어맞았다.

"오빠, 가지고 있는 배 얘들이 준 거였어요?"

레아가 작은 목소리로 소곤거려 왔다.

"아니. 얘들은 그냥 기술만 전달해 준 거고, 걔들이 알아서 만든 거야."

"아하!"

궁금증이 해소됐는지 레아는 다시 원래 자리로 돌아갔다.

그렇게 10여 분을 더 내려가자, 상당히 멋들어진 광경이 눈앞에 나타났다.

"저곳이 르뤼에다."

하칸이 뿌듯한 얼굴로 말했다.

나는 그가 왜 뿌듯해하는지 알 것 같았다.

새까만 심해 속에서 오롯이 빛나는 빛의 도시는 만화에서나 볼 법한 형태를 하고 있었다.

도시 중심에서 발광하는 빛의 성은 나선을 그리며 뾰족하게 솟아 있었고, 도시의 모든 건물이 규칙적으로 배열되어 균형을 이루었다.

무엇보다 도시 위에 떠 있는 비행체는 도시를 공전하며 물방울처럼 보이는 커다란 보호막을 유지하고 있었다.

"진입하겠다."

하칸이 속도를 높였다.

르뤼에는 멀리서 봤을 때만큼이나 가까이서 보는 것도 아름다웠다.

모든 건물이 하얀 소금 결정으로 만들어져 있었다.

만지면 꺼칠꺼칠한 것이 제법 느낌이 좋았다.

"짜요!"

"소금이니까."

레아는 눈을 빛내며 건물 벽을 열심히 만졌다.

바닥에 굴러다니는 예쁜 조개껍질도 하나씩 수집했다.

"이곳으로."

하칸은 우리를 원뿔 형태의 나선형 성으로 안내했다.

"왕께서 너희를 친히 맞아 주실 거다."

"겁나게 영광스럽네."

"영광스러울 필요까진 없다. 너흰 외부인이니까."

비꼰 건데 람스인에겐 그런 개념이 없는 모양이다.

그냥 하칸에게 없는 걸 수도.

"그나저나 엄청 웅장하네."

"사진 좀 찍죠."

"갑자기?"

"음, 그럼 다 끝나고 찍어요."

나는 못 말리겠단 눈으로 레아를 보았다.

우리는 성안으로 들어갔다.

내부는 깔끔한 외부 전경과 달리 매우 화려했다.

하지만 모두가 웃지 못했다.

"모두 무릎 꿇어. 안 그러면 다 죽을 테니까."

왕좌에 새까만 가죽옷을 입은 껄렁한 남자가 비스듬히 앉아 있었다.

그 앞엔 무릎 꿇은 채 머리에 총 같은 게 겨누어져 있는 람스인이 보였다.

복장으로 보나, 위치로 보나.

"폐하!"

르뤼에의 왕이었다.

Chapter 4

하칸은 안절부절못하며 나와 레아를 쳐다봤다.
나는 왕좌에 껄렁하게 앉은 놈에게 말했다.
"넌 누구?"
"그러는 넌 누구지? 아니, 됐어. 안 궁금해. 그냥 무릎 꿇어. 이 징그럽게 생긴 녀석 죽는 거 보고 싶지 않으면."
"불경하다! 감히 폐하께 그런 표현을 쓰다니!"
"너도 마찬가지야, 이 징그러운 놈아. 생긴 건 꼭 어디 영화에나 나올 법한 게 꿈에 나오면 책임질 거야?"
남자는 역한 것을 보듯 람스인 전체를 욕하고 있었다.
그런데 말하는 투가 꼭 NPC가 아닌 것 같았다.
나는 혹시나 싶어 물었다.
"너 유저냐?"

"유저? 그게 뭔데?"
남자는 무슨 소리냐는 듯 고개를 갸웃거렸다.
유저가 아니라면 어떻게 영화란 표현을 썼을까?
나는 하칸에게 물었다.
"야, 쟤가 네가 말한 그 이계의 침입자?"
"그렇다. 그들은 전부 저런 희한한 옷을 입고 있다."
"현대 배경까지 끌어다 쓴 거냐……"
"시나리오 작가들의 상상력의 한계가 뭐 그렇죠."
레아는 새삼스럽다는 얼굴로 대꾸했다.
나는 한숨을 내쉬며 남자를 향해 손을 뻗었다.
"허튼짓은 하지 말라고. 네가 뭘 하든 이 문어 녀석 대가리 날리는 게 훨씬 빠르거든."
"네가 들고 있는 게 내가 아는 그게 맞다면 그럴 리는 없어."
"시범 삼아 한 놈 정도는 지옥으로 보내 버릴 수 있긴 한데."
남자가 다른 신하들을 볼모로 잡고 있는 부하들에게 눈짓했다.
그중 하나가 SF 영화에나 나올 법한 액체가 담긴 소총을 장전했다.
대상이 된 람스인은 체념한 얼굴로 눈을 감았다.
"아, 안 된다!"
"제라스!"

람스인의 왕과 하칸이 동시에 외쳤다.

"격발해 버려."

남자가 손가락을 까딱였다.

그의 부하가 지체하지 않고 방아쇠를 당겼다.

"그러니까 안 된다고."

풀썩-

툭-

부하가 쓰러지며 소총이 바닥에 떨어졌다.

묵직한 충돌음이 장내를 침묵시켰다.

나는 길게 편 검지를 회수하며, 마치 총을 쏜 것처럼 입으로 바람을 후 하고 불었다.

"봐 봐. 내가 더 빠르잖아."

"다 죽여."

남자의 명령에 일제히 방아쇠를 당겼다.

그보다 빠르게 내가 움직였다.

피빅-!

거의 동시에 찌르는 것 같은 소리가 사방에서 들렸다.

"빛을 지배하면 이 정도는 아무것도 아니야."

"…네놈."

시종일관 여유를 부리던 남자가 처음으로 눈살을 찌푸렸다.

"어쩔래. 투항할래, 아니면 그냥 죽을래?"

"젠장!"

Chapter 4 • 199

남자는 고민할 것도 없다는 듯 총을 내려놨다.
그리고 깍지 낀 손으로 뒤통수를 잡고 무릎을 꿇었다.

✥ ✥ ✥

람스인은 무식하게 남자를 고문하지 않았다.
그들은 고도로 발달된 과학 문명을 가지고 있어서 원시적인 고통을 주지 않아도 충분히 정보를 뽑아낼 수 있었다.
문제가 있다면 남자 역시 람스인의 문명보다 우월한 문명에서 왔기에 잘 통하지 않는다는 점이었다.
"문어 대가리들이 이 정도까지 문명을 발전시킨 것도 용하군. 하지만 그 정도로는 부족해. 내 뇌에 장착된 보안 프로그램을 뚫으려면 적어도 너희가 찬양해 마지않는 오메가 시큐리티를 5초 안에 해킹할 수 있어야 할 거다."
오메가 시큐리티는 르뤼에에 잠들어 있는 기밀을 보호하는 최상위 보안 프로그램이었다.
그런 걸 5초 안에 해킹할 수준이 되어야 남자에게서 정보를 뽑아내는 게 가능하단다.
람스인은 믿지 않았지만, 두어 시간이 흐르고 인정할 수밖에 없었다.
안 그래도 르뤼에의 왕성에 손쉽게 침입해 왕을 비롯한 고관대작들을 한꺼번에 무력화시킨 남자였다.
"이런 상태라면 아무것도 알아낼 수가 없다."

람스인의 왕은 하칸과 비슷한 성격이었다.

아니, 그냥 람스인 전체가 다들 똑같은 성격이었다.

그래서 그들이 나누는 대화를 들어 보면 기계들이 합창을 하는 것 같았다.

"어쩌면 좋겠습니까?"

"저들은 분명 다시 침공해 올 것입니다."

"저자의 뇌를 파헤치지 못한다는 건, 저자의 뇌의 신호를 잡지 못한다는 것과 같습니다."

"지금도 자신의 본국에 끊임없이 정보를 송신 중일 겁니다."

그들은 다 똑같은 성격에 말투나 목소리 톤까지 흡사했지만 제법 심각하게 회의를 진행하고 있었다.

나와 레아는 구석에서 멀뚱히 그들을 구경하고 있었다.

"뭔가 쟤들 말 듣고 있으려니까 머리가 아프네."

"처음엔 흥미로웠는데 점점 재미가 없어요."

"네가 오자고 했잖아."

"열심히 말렸어야죠."

"나 참."

언제나 이런 식이었기에 화도 나지 않았다.

그보다 개인적으로 한 가지 걸리는 게 있었다.

나는 목에 걸린 '우주의 공포'를 보았다.

이 목걸이엔 '이차원의 악마'를 소환하는 스킬이 존재했다.

이차원이란 또 다른 차원을 뜻했다.

침입자 역시 이계, 즉 이차원에서 왔다고 봐도 무방했다.

그렇다면 둘은 같은 세계의 주민인 것인가?

'생김새가 너무 다르긴 하지만.'

충분히 납득할 수 있는 범위였다.

당장 이곳만 해도 전혀 다른 생물이 살아가고, 신과 마족, 드래곤 등의 초월종이 살고 있었다.

"직접 물어보는 게 빠르겠지."

"뭘요?"

"궁금하면 따라와."

나는 레아를 데리고 일어났다.

하칸이 그런 나를 보며 물었다.

"어딜 가려는 건가?"

"그 친구한테. 안내 좀 해 주지."

하칸이 왕을 쳐다봤다.

그들에겐 나름 신성한 회의 시간이었다.

"자네는 은인을 안내해 주게."

"알겠습니다."

하칸은 왕의 허락이 떨어지자 우릴 데리고 남자가 있는 곳으로 향했다.

르뤼에의 왕성은 신기한 곳이었다.

특히 20층으로 이루어진 지하는 중앙이 통으로 뚫려 있었는데, 그곳에선 거대한 메카가 제작되고 있었다.

그 모습이 고대 왕의 영혼이 담겨 있던 기간트를 보는 것 같았다.

그보다 훨씬 크고 멋졌지만.

"너네 로봇도 만드냐?"

"이번 이계의 침입은 극소수로 이루어졌지만, 원래는 그들 역시 거대한 병기를 대동한 채 이 땅을 침공해 온다. 그걸 막으려면 우리 역시 필연적으로 기간트를 만들 수밖에."

이들 역시 기간트라고 부르는 걸 보면 명칭 자체도 이들에게서 그대로 따온 모양이었다.

"멋지네."

고대 왕의 기간트는 멋지긴 했지만 약간 투박한 면이 있었지만, 림스인이 개발하는 거대 기간트는 여러모로 화려했다.

수십 년이나 된 유명 로봇 시리즈를 보는 것 같기도 했다.

"이곳이다."

진공 엘리베이터는 정확히 지하 20층에서 멈추었다.

"여긴 벽이잖아?"

"죄인을 가두는 감옥은 이 벽을 통해 들어갈 수 있다."

하칸이 벽에 손을 짚자 초록빛이 한 차례 그의 손바닥을 스캔했다.

[관리자 '하칸' 인식되었습니다.]

[문이 열립니다.]

벽이 일자로 된 빛이 그어지더니, 좌우로 부드럽게 갈라졌다.

그 안은 온통 빛이었다.

자연적인 빛은 당연히 아니었고, 어딘가로 이어진 워프 시스템이었다.

마법이 아닌 오로지 과학 기술로 발명된 워프였다.

"들어가지."

우리는 하칸의 뒤를 따라 워프 안으로 들어갔다.

※ ※ ※

남자는 양팔이 좌우로 넓게 펼쳐진 채 광자 구속 장치에 포박되어 있었다.

다리는 하나로 꼬아 둥근 쇠구슬 같은 것에 담겨 있었다.

"이것들, 구속구는 더럽게 잘 만들었군."

남자는 맨몸이었지만, 그의 종족은 모두가 광자 컴퓨터에 준하는 뇌를 가지고 있었다.

아무런 도구도 없이 르뤼에의 왕성에 침입한 이유 역시 뇌의 힘이었다.

한데 이 구속구는 도저히 해킹할 수 없었다.

"역시 심층으로 갈수록 보안이 강해진다더니."

람스인의 기술력은 남자의 종족을 넘어서지 못하지만,

그렇다고 무시할 수준은 절대 아니었다.

"아이칸이 있다면 모를까."

아이칸은 남자의 종족이 가진 최첨단 컴퓨터였다.

그들의 최첨단은 은하계를 점거할 수 있는 수준이었다.

하지만 아이칸을 이곳까지 가져올 수 없었다.

일단 크기부터가 이곳 왕성보다 두 배는 거대했고, 질량은 족히 백 배였다.

그만큼 안에 든 게 많았다.

몇몇 물질은 크기 대비 압도적인 질량을 가지고 있기도 했고.

"귀찮게 됐어. 이상한 놈이 나타나 가지곤."

남자는 광자 컴퓨터에 준하는 뇌로도 뜬금없이 나타난 자들을 파악하지 못했다.

당연하지만 그가 썼던 광자 에너지 역시 간파할 수 없었다.

그렇다는 건 그 힘은 과학을 기반으로 하지 않았다는 뜻이다.

"일단 제국에 정보를 보내 놓기는 했는데."

부하들을 순식간에 몰살시킨 걸 보면 무지막지하게 강한 건 분명했다.

특히 그 여유는 숨겨 놓은 힘이 있다는 것이다.

그것도 아주 많이.

전력을 측정하는 것은 무의미한 짓거리였다.

남자가 앞으로의 일을 고민하고 있을 때였다.
문이 열렸다.

나는 감옥 안을 둘러보며 하칸에게 말했다.
"뭐가 이렇게 화려해?"
"중요 범죄자를 구속하기 위해 우리가 가진 최고의 기술력을 동원해서 만들었다. 그렇다 보니 약간 지저분할 수밖에 없더군."
"저는 꽤 분위기 있다고 생각해요. 사진 좀 찍고 싶다."
"그놈의 사진은."
나는 실없는 소리를 하는 레아를 타박하곤 빤히 이쪽을 보고 있는 남자에게 다가갔다.
"그렇게 있으면 팔 안 저리냐?"
"저리다고 풀어 줄 건 아니잖아."
"그건 맞지."
"흥."
"다름이 아니고 한 가지 물어보고 싶어서."
"말했잖아. 알고 싶은 게 있으면 너희의 잘난 기술력으로 내 뇌를 파헤쳐 보라고."
"아니, 아니. 나는 딱히 니들이 누군지 안 궁금해."
"뭐?"

"내가 궁금한 건, 잠깐만."

나는 인벤토리를 뒤적였다.

'이차원의 악마'를 이곳에서 소환했다간 무슨 난리가 날지 모르니까, 지난 기록을 뒤져 영상을 캡처해 왔다.

"찾았다."

A4용지 한 장을 꺼내 남자에게 들이밀었다.

"너 이놈 알아?"

"그게 뭔……!"

시답잖은 소리를 하냐고 말하려던 남자의 눈이 휘둥그레졌다.

"아는구나?"

"이, 이, 이 괴물을 어떻게?"

"같은 이계가 맞는 모양이야."

"신기하네요. 그 목걸이의 기원이 저쪽 세계라고 봐도 무방한 거잖아요."

"무슨 일인지 내게도 알려 줬으면 좋겠다만."

하칸이 영문을 알 수 없는 얼굴로 고개를 갸웃거렸다.

"나중에."

나는 그의 질문을 대충 넘기고 다시 남자를 보았다.

그는 아직도 충격이 가시지 않는 얼굴이었다.

"이 악마가 뭐 하는 악마인지 알고 있어?"

"…내 질문에 답해 준다면, 나 역시 반드시 답한다고 약속하지."

"뭘 믿고?"

"선언한다. 만약 내가 약속을 어길 시 람스인에게 모든 정보를 내어 주겠다."

남자의 이마에 독특한 문양이 떠올랐다 사라졌다.

하칸이 경악한 목소리로 외쳤다.

"설마 선언의 힘을 쓰다니!"

"선언의 힘이 뭔데?"

"저들 종족이 반드시 행해야 할 때 발휘하는 능력이다. 보통은 반드시 전투에서 승리하기 위해 선언의 힘을 사용했다."

"그리고 너희 문어 대가리 종족은 몰살을 면치 못했지."

"큭!"

"저 문어 대가리 말처럼 이 힘을 쓰면 우린 반드시 행해야 한다. 그렇지 않으면 뇌가 터져 죽고 말지. 나는 아직 죽고 싶은 마음이 없으니, 약속은 반드시 지킨다."

어디까지 믿어야 할지 모르겠지만, 무슨 결말이 나든 나에겐 손해가 아니었다.

거절할 이유가 어디에도 없다.

나는 곧장 이차원의 악마를 어떻게 알게 됐는지 그에게 말했다.

"이제 말해 봐."

"후! 설마 이곳에서 그 끔찍한 괴물을 아는 자를 만나게 될 줄이야."

남자가 어처구니없다는 얼굴로 중얼거렸다.

✦ ✦ ✦

"설마 람스인의 동료로 보이는 인간에게 내 이름을 밝히게 될 거라곤 생각도 못했군."
"굳이 말 안 해도 되는데."
"예의의 문제다. 내가 사는 세상은 예의를 꽤 중요하게 여기거든."
"침략이 목표인 놈들이 예의 운운하는 것도 웃긴데."
"다 살아남기 위해서야. 네가 말한 그 악마란 놈들에게서 말이지."

악마에게 살아남기 위해서?

내가 의아한 얼굴로 쳐다보자 그가 피식 웃으며 말을 이었다.

"일단 내 소개부터 하지. 내 이름은 인디고. 렉사 제국의 군인이다. 디테일한 신분까진 밝히지 않을 거니 물어봐야 소용없어."
"다시 말하지만 별로 안 궁금해."
"매정한 자식. 아무튼, 그 악마에 대해 얘기를 해 볼까?"

인디고는 어디서부터 얘기해야 좋을지 모르겠다며 잠시 생각 좀 정리하겠다고 말했다.

아무래도 자기네 역사와 제법 밀접하게 연관되어 있는

모양이었다.

"일단 그 악마를 뭐라고 부르는지부터 말해 줘야겠지."

"이름이 따로 있나?"

"당연하지. 우린 그놈들을 '디재스터'라고 부른다."

디재스터는 한국어로 재앙이란 뜻의 영단어였다.

"그 수는 많지 않지만, 하나하나가 렉사 제국의 정규 부대 하나를 손쉽게 쓸어버릴 수 있을 정도로 강력하지."

"네놈들의 정규 부대를?"

하칸이 놀란 얼굴로 되물었다.

인디고가 조소를 머금고 말했다.

"그래. 네놈들의 정규군을 고작 부대 단위로 쓸어버린 제국의 정규 부대가 말이다."

하칸의 민둥산에 땀방울이 맺혔다.

아무래도 그들에게 많은 피해를 입은 모양이었다.

"말을 계속하자면, 우리는 놈들에게 끊임없이 저항했다. 지금 이 순간에도 놈들에게서 살아남기 위해 발버둥 치고 있겠지. 하지만 모두가 알고 있었다."

인디고는 옛 기억을, 아니 옛 기억이라고 할 것도 없었다.

르뤼에 본성 점거 작전이 시행되기 전, 그는 직접 디재스터에게서 동족을 구하기 위해 몸부림쳤으니까.

"우린 놈들에게 이길 수 없어. 그 말도 안 되는 괴물들에게서 나라를 지킬 수 없다 이 말이다."

"그래서 이 땅을 침략하려는 것인가?"

"맞아. 우리도 살길을 도모해야 했거든. 병력을 분산하는 건 멸망을 앞당기는 행위이지만, 이 모험을 성공한다면 제국은 다시 한 번 영광을 누릴 수 있다."

"한데 생각보다 저항이 빡셌다는 거냐?"

"아, 이 문어 대가리 놈들, 약한 주제에 질기더군. 특히 홈그라운드의 이점이 꽤 크게 작용해서 뚫기가 어려웠다. 그것도 오늘이 마지막일 줄 알았는데, 설마 네가 나타날 거라곤 상상도 못했지."

왕성을 무력화시켰다.

그들의 왕을 무릎 꿇렸다.

선봉대인 그들이 성공했으니, 후발대가 오기만 한다면 모든 게 끝이었다.

내가 나타나기 전까지는.

"그러니까 이차원의 악마는 너희 세계를 파멸로 몰아넣고 있는 원인이라는 거군."

"그렇지."

"고맙다."

궁금한 걸 해소했기에 더 이상 인디고에게 볼일은 없었다.

"가자고."

"끝이에요? 뭐, 해결해 준다거나 그런 건 없어?"

"내가 왜? 그리고 내가 나선다고 뭐가 될 것 같지도 고."

이차원의 악마.

그러니까 디재스터가 한 무더기로 있다면 내가 할 수 있는 건 없었다.

우주의 공포로 소환할 수 있는 디재스터도 내가 감당하기 어려운 괴물이었다.

심지어 내가 강해질수록 녀석의 묶인 힘이 풀려나는데, 한계치가 어느 정도인지 알 수 없었다.

내가 미련 없이 몸을 돌리자, 인디고가 흥미로운 말을 했다.

물론 나에게 흥미로운 건 아니고 하칸에게.

"만약 디재스터가 우리 세계를 파괴하지 않는다면, 굳이 이곳을 침략할 이유가 없지."

"정말인가?"

"물론. 하지만 그건 사실 불가능해서 말이지~ 이걸 어쩌나~"

"자, 잠깐 기다리게."

하칸이 다급히 나를 불러 세웠다.

나는 귀찮은 눈으로 그를 보았다.

"해결법을 찾을 수 있도록 도와줄 수 없겠나?"

"이봐, 나는 너희에게 해 줄 수 있는 걸 다 해 줬는데, 뭘 더 해 달라는 거야? 수저를 쥐여 줬으면 스스로 떠먹으라고. 그리고."

고개를 돌려 인디고를 보았다.

"아닌 말로 디재스턴지 뭔지 하는 놈들 상대하는 것보다 너희 상대하는 게 내 입장에서도 편하지 않겠냐?"

내가 조소를 지으며 말하자 인디고의 얼굴에서 미소가 사라졌다.

"그리고 말이야. 아까 말한 걸 그새 까먹은 모양인데."

나는 목에 걸린 우주의 공포를 엄지로 들어 살짝 흔들었다.

"그놈을 소환할 수 있는 능력을 가지고 있다고. 이 내가."

"……."

"그러니까 너무 맞먹으려고 하지 말자고."

"오빠 되게 악당 같아요."

"원래 이렇게 말해야 애들이 말귀를 알아들어. 세상은 영화 같지 않다고."

"예전엔 곧잘 오글거리는 말도 했으면서."

"…전쟁 땐 사기를 올리려면 어쩔 수 없었어."

나는 레아의 놀림을 들으며 괜히 얼굴을 붉혔다.

우리가 다시 감옥을 떠나려 하자, 이번엔 인디고가 불러 세웠다.

"잠깐. 그렇다면 우리랑 거래하지."

"귀찮게 하기는. 인마, 거래고 자시고, 나라도 그놈들을 어찌할 수 없다니까?"

"해결해 달라는 건 아니다."

"그럼?"

"네가 소환할 수 있다는 디재스터를 불러 다오. 대화를 나눠 보고 싶다."

"통제가 안 되는 괴물과 어떻게 대화를 나눠?"

"아주 잠깐이라면 불가능한 것도 아니야."

대체 무슨 말을 하는 건지.

나는 인디고를 빤히 보다가 말했다.

"거래 조건은?"

"내가 가진 정보를 하나 주지."

"다시 말하지만, 난 네놈들 별로 안 궁금해."

"침략과 관련된 내용이 아니다. 너한테 유용한 기술을 하나 알려 주지. 어때?"

람스인의 문명보다 월등히 진화한 문명의 인간이 주는 기술은 분명 엄청날 것이다.

인벤토리에서 자고 있는 갓킬러와는 비교도 할 수 없을 터.

"흠, 끌리는 제안이긴 하네."

"후회하지 않을 거다."

"좋아. 이러나저러나 나한테 손해는 없으니까. 하칸, 넓은 공간이 필요하다. 미친 듯이 날뛰어도 멀쩡할 수 있으면 더 좋고."

"있다."

"그리고 저놈을 풀어 줘."

"그건 안 된다. 대신 걸을 수는 있도록 하지."

"좋아."

이 정도는 타협해 주는 게 도리에 맞다.

하칸은 광자 구속 장치를 하나로 묶어 인디고의 두 손을 둥글게 감싸는 형태로 압축시켰다.

그리고 발을 묶고 있는 쇠구슬을 해체했다.

"후! 조금 살 만하네."

"따라와라."

하칸은 광자로 이루어진 선으로 인디고의 목과 양손 구속 장치를 한데 묶어 족쇄로 만들었다.

우리는 하칸을 따라 더욱 깊은 지하로 내려갔다.

지하 20층이 끝인 줄 알았는데, 비밀 통로가 존재했다.

대신 이곳은 무중력 엘리베이터가 없어 직접 걸어 내려가야 했다.

그렇게 30분 정도를 걸었을까.

"언제 도착하지?"

"다 왔다."

하칸이 어둠을 향해 손을 뻗었다.

그의 손목에서 신비한 문자가 떠올라 어둠 속에 새겨지기 시작했다.

그가 손가락을 튕기자 어둠이 거짓말처럼 걷혔다.

"이곳이면 충분할 것이다."

어둠이 걷히고 나타난 장소는 엄청난 크기의 공간이었다.

바닥과 벽, 천장은 모두 철판 같은 것으로 덮여 있었다.

"이곳은 '핵' 실험을 하는 곳이다. 바닥과 벽면, 천장을 덮고 있는 것은 데미지를 축적할 수 있는 신비한 물질로 만들어져 있으니, 마음 놓고 난동을 부려도 괜찮다."
"핵이라니. 판타지 게임에 참……."
"신기하네."
레아는 앞으로 좀 걸어가다가 귀신처럼 쌍검을 뽑아 들었다.
그 속도가 나 말고는 아무도 보지 못할 정도로 빨랐다.
"저 여자도 상당하잖아?"
인디고가 눈살을 찌푸렸다.
하칸도 어느 정도 예상하고 있었지만, 막상 검 뽑는 속도를 보니 놀란 얼굴을 했다.
"얼마나 버틸 수 있는지 확인 한번 해 볼게요."
"살살 해."
"살살 하면 의미가 없잖아요."
"아, 그렇네."
"전력으로."
레아는 사용할 수 있는 모든 버프를 몸에 둘렀다.
그것도 부족해 내게 추가적으로 버프를 걸어 달라고 요청했다.
이럴 거면 차라리 내가 시험을 해 보는 게 낫지 않냐니까, 닥치라는 말만 들었다.
"좋았어."

[아르신 쌍검술]

[오의]

그녀의 쌍검에 새파란 오러가 날카롭게 맺혔다.

[각성 휘파람 난무]

휘익-

부드러운 휘파람 소리가 들렸다.

그러나 이어진 여파는 고작 휘파람 따위가 아니었다.

콰가가가각-!

하칸이 날뛰어도 좋다고 장담한 바닥에 수백 개의 칼자국이 새겨졌다.

그것도 엄청난 속도로.

나는 눈을 재빨리 굴려 레아의 움직임을 좇았다.

모든 버프를 두른 그녀는 나로서도 쉽게 좇을 수 없을 성도로 신속했다.

수십 개의 잔상이 허공을 그렸고, 수백 개의 참격이 허공을 헤집었다.

"미, 미쳤어!"

"엄청난 실력이로군."

인디고와 하칸은 믿을 수 없다는 눈으로 바닥과 벽과 천장에 새겨지고 있는 칼자국을 보았다.

그들의 눈엔 레아의 그림자조차 보이지 않을 것이다.

그렇게 오의의 유지 시간이 끝나고.

"후우! 튼튼하네요."

"우왁! 어, 언제!"
"이렇게 쉽게 뒤를 잡히다니."
레아는 약간 흐르는 땀을 닦으며 두 사람의 뒤에서 나타났다.
"수고했어."
나는 준비해 둔 손수건으로 그녀의 이마를 닦아 주었다.
"이 정도면 충분하겠어요."
나와 결혼하고부터 레아 역시 전처럼 렙업을 위한 게임을 하지 않았다.
그러나 기본은 있다고.
최상위 랭커 자리에서 내려오지 않던 그녀였다.
만약 이곳이 평범한 공동이었다면, 그대로 쓸려 와르르 무너졌을 것이다.
"이제 부른다."
"그, 그래."
인디고는 아직도 충격이 안 가셨는지 레아를 힐끔힐끔 보았다.
"레아, 나 좀 일단 쳐 봐."
"알았어요."
우주의 공포는 피격 시 30퍼센트의 확률로 '가상 우주'를 소환한다.
레아가 세 번 빠르게 공격했다.
그중 두 번째 공격으로 가상 우주가 발동했다.

[이차원의 악마]

[소환]

넓게 펼쳐진 가상 우주에서 커다란 균열이 발생했다.

몸이 흠칫 떨릴 정도로 끔찍한 기운이 균열 속에서 흘러나오기 시작했다.

인디고의 눈이 커지며, 눈동자가 격렬하게 흔들렸다.

"진짜 디재스터……."

균열이 박살 났다.

안쪽으로 드러난 새까만 공간에서 디재스터라 불리는 이차원의 악마가 천천히 걸어 나왔다.

예전과는 다른 모습이었다.

이지를 상실한 상태로 난동을 부리는 악마는 더 이상 존재하지 않았다.

그는 가상의 별들을 보다가 내게 시선을 옮겼다.

"알딘."

"…소름 끼치네. 이젠 말할 수 있는 거냐?"

이차원의 악마를 마지막으로 소환했던 건 3년 전이었다.

그 이후로 한 번도 부른 적이 없으니 어떻게 변했는지도 몰랐다.

3년.

내가 전과 같은 성장을 포기한 지 2년 조금 안 되었다.

그 전까진 미친 사람처럼 성장에 목을 맸다.

그때 이 녀석도 함께 성장한 모양이었다.

정확히는 기존의 힘을 끌어낼 수 있게 된 거였다.

"네놈에게 소환될 때마다 알 수 없는 충동과 함께 이성을 상실했었지. 네놈의 힘이 쓰레기처럼 약해 나를 통제하지 못했기 때문이다."

"지금은 쓰레기는 아니라는 말이군."

"이제는 조금 봐줄 만하다. 한데 재밌는 걸 데리고 있구나."

디재스터의 눈이 인디고에게 향했다.

그는 유전자에 새겨진 공포를 느끼며, 뱀 앞의 개구리처럼 굳었다.

자기가 만나게 해 달라고 했으면서 한마디도 못할 것 같았다.

"야, 네가 이상한 방법을 쓰지 않아도 대화가 가능하거든? 그러니까 하고 싶은 말이 있으면 해."

"그 전에."

"음?"

"너부터다, 알딘."

디재스터가 어느새 내 앞까지 도착해 있었다.

나는 짧게 혀를 차며 양팔을 교차시켰다.

쾅-!

"그간의 수모는 갚아야 직성이 풀려서 말이지."

"빌어먹을 새끼."

디재스터의 입꼬리가 길게 위로 올라갔다.

반대로 나는 인상을 구기며 놈에게 몸을 날렸다.
거대한 충격파가 핵폭발 실험장을 진동시켰다.

※ ※ ※

이래서 귀찮을 것 같은 일은 안 하려고 하는 거다.
2년 전, 랭킹 경쟁을 은퇴하면서 더는 힘들고 지겨운 전투를 하지 않으리라 다짐했다.
한데 결국 이렇게 됐다.
나중에 레아에게 한 소리 해야겠다는 다짐을 하며 달려드는 디재스터에게 쌍검을 휘둘렀다.

꽝!

디재스터의 묵직한 주먹이 '악신의 파편'과 '화이트'를 요동치게 만들었다.
눈살이 찌푸려졌다.
예상은 하고 있었지만 디재스터의 힘은 상상 이상이었다.
"언제까지 막기만 할 생각이냐!"
놈의 육중한 거체가 깃털처럼 가볍게 쏘아졌다.
흑검과 백검이 요란하게 교차했다.
허공에 불똥이 튀어 올랐다.

디재스터는 박쥐 같은 피막 날개를 활짝 펼쳐 저공비행을 했다.

쾅-!

잔뜩 구부린 다리를 쭉 펴며 내가 서 있는 곳을 내리찍었다.

핵폭발조차 버틴다는 금속판이 살짝이지만 움푹 파였다.

나는 두 걸음 뒤로 물러나며, 검의 사거리를 계산하고 휘둘렀다.

휘익- 날 선 바람 소리에 디재스터가 고개를 젖혔다.

칼날이 그의 콧등을 아슬아슬하게 스쳤다.

그의 눈매가 가늘어졌다.

"생각보다 재밌군."

디재스터가 젖혔던 고개를 앞으로 휙 들이밀며 주먹을 뻗었다.

그 속도가 음속을 돌파해 새하얀 공기 파장이 둥글게 폭발했다.

"큭!"

검을 교차시켜 오른쪽으로 빗겨 냈다.

하지만 여파만으로 수 미터를 밀려났다.

바닥엔 어떻게든 버텨 낸 양발의 흔적이 길게 뻗어 있었다.

쇄앵-!

두 자루의 검을 허공에 가볍게 휘저었다.

아귀가 터질 것처럼 아파 왔다.

"적당히 할 생각이 없다 이거지?"

"당연한 소리를."

디재스터의 검은 신형이 획 하고 꺼졌다.

"그럼 어디 끝장을 한번 보자."

빛과 어둠을 일으켰다.

악신의 파편과 화이트가 동시에 공명했다.

공간이 일그러지며 새까맣고, 커다랗고, 기다란 주먹이 내 얼굴 바로 옆에서 튀어나왔다.

빡-!

"큭!"

하나 주먹은 얼굴에 닿지 못했다.

반대로 몸을 반 바퀴 돌린 내가 뒤돌려차기로 갑자기 나타난 디재스터의 배를 걷어찼다.

어둠이 꿈틀거리며 디재스터를 휘감았다.

빛이 화이트 주변을 맴돌며 열 자루의 창이 되었다.

"격!"

창들이 일제히 쏟아졌다.

디재스터의 눈에서 붉은 안광이 뿜어져 나왔다.

"흡!"

반투명한 어둠의 구체가 디재스터의 주변으로 확장되기 시작했다.

금속판이 찌그러졌다.

[점멸]

점멸은 빛이 합쳐지며 예지의 힘조차 무력화시킬 정도가 되었다.

즉, 누구도 예측할 수 없는 스킬이 되었다는 말이다.

"커헉!"

검은 폼멜이 디재스터의 가슴을 찍었다.

뒤로 주춤한 디재스터가 채찍 같은 다리를 휘둘렀다.

세상에 빛보다 빠른 물질은 존재하지 않는다.

"크악!"

빛의 입자로 변한 내가 녀석의 다리를 가볍게 피하고, 뒤로 이동해 무릎으로 목을 찍었다.

디재스터의 손에 검은 에너지가 응집됐다.

"죽어라!"

"흥."

팔을 내게 뻗는 순간 가위처럼 두 검을 교차해 갈랐다.

서걱-

살 떨리는 쇳소리에 디재스터의 눈이 휘둥그레졌다.

툭, 하고 무언가 떨어졌다.

그는 믿을 수 없는 눈초리로 그것을 보았다.

그것은 바로 자신의 팔이었다.

"생각보다 할 만하네?"

"이, 이놈."

"쉽게 발라 버릴 줄 알았냐?"

"어떻게… 어떻게 이 정도일 수가?"

디재스터처럼 나 역시 조금 놀랐다.

내 힘에 놀란 게 아니었다.

나는 누구보다도 나를 잘 알고 있다.

내가 놀란 건 다름이 아니라.

"근데 넌 왜 이렇게 약해?"

디재스터의 약함이었다.

그의 힘을 자주 빌린 적도 없지만, 빌릴 때면 스스로 타파할 수 없는 상황일 때였다.

내가 완벽하지 못했기에 디재스터 역시 완벽하지 못했다.

하지만 그 강력함은 소름이 끼칠 정도였다.

"어째서 이렇게 약한 거야? 이성이 살아 있으면 약해지는 타입?"

"…네놈이 상상 이상으로 강해진 거다."

"그건 맞는데. 아무리 그래도 심하잖아?"

다시 말하지만, 나는 나에 대해 누구보다 잘 알고 있다.

"마지막으로 불렀을 때의 네가 훨씬 더 강했어."

이지를 상실한 디재스터는 지금의 나라도 지금처럼 쉽게 압도할 자신이 없었다.

그렇다고 질 것 같지도 않았지만.

"크큭!"

그때 디재스터가 음산한 웃음을 흘렸다.

"왜 웃지?"

"네 말대로다. 약해졌지. 그 시간 동안 아주 많이."

디재스터가 잘린 팔을 들어 올려 힘을 주었다.

그러자 실선이 길게 뻗어 나오며 손과 하박이 순식간에 재생되었다.

그는 주먹을 쥐었다 폈다 하며 제대로 움직이는지 확인했다.

"그렇다고 해도 과거의 네가 이길 수 있는 수준은 아니지만 말이다."

"…그래서 이제 대화 나누면 안 되냐? 시간을 너무 잡아먹었는데."

나는 한시라도 빨리 이곳의 일을 끝내고 다시 가벼운 모험을 즐기고 싶었다.

디재스터가 어깨를 으쓱였다.

"마음대로."

※ ※ ※

인디고와 하칸은 치열한 알딘과 디재스터의 전투에 넋을 놓아 버렸다.

특히 인디고의 경우는 자신의 눈을 믿지 못할 지경이었다.

그는 디재스터의 강함을 누구보다 잘 알고 있었다.

단 한 개체를 토벌하는 데 소모되는 미사일의 수가 몇 개인가.

폭탄은 몇 개이고, 죽어 나가는 병력은 또 몇인가.

일개 군단이 움직였다.

고작 단 한 마리의 디재스터를 토벌하기 위해.

결과는 성공했다.

하지만 과정은?

"말도 안 돼."

절반이 넘어가는 병력을 잃었다.

한 척만 있어도 나라 하나를 지울 수 있는 초신성급 전함을 다섯 척이나 잃었다.

종 스무 발의 핵이 폭발했다.

거대 레일건 400대가 파괴됐다.

"있을 수 없는 일이야."

그런 무지막지한 병력으로도 한 마리를 간신히 잡았는데, 알딘은 혼자서 쓰러트렸다.

심지어 알딘이 더 우세한 전투를 펼쳤다.

"저런 괴물이 이런 곳에……?"

작전을 전면 철회해야 한다.

만약 본대가 성공적으로 이곳에 진입한다면 알딘에게 쓸려 버릴 것이다.

"빛을 지배한 자에게 적이 있을 리가 없잖아."

그런 인디고에게 레아가 말했다.

인디고가 무슨 말이냐는 얼굴로 쳐다봤다.

"말 그대로야. 내 남편은 빛을 정복했어. 그뿐 아니라 어둠까지 정복했지. 그게 무슨 뜻인지 알지?"

"인간이 어떻게 빛과 어둠을 정복하지? 그건 물리적으로 불가능해."

적어도 그들의 과학력으로 빛을 자유자재로 다루는 건 불가능했다.

나중이라면 또 모르겠지만, 당장은 허황된 소리에 지나지 않았다.

"정 궁금하면 직접 물어보든지."

레아는 굳이 더 설명할 이유를 찾지 못했다.

"사람을 잘 찾았군."

하칸이 흐뭇한 목소리로 중얼거렸다.

그리고 알딘과 디재스터가 돌아왔다.

디재스터는 도착하기 무섭게 인디고를 바라봤다.

"우리에게서 도망치려 한다는 소식을 듣긴 했지만, 그곳이 이곳이었나?"

"……."

"네놈이 내게 할 말이 있다고 알딘에게 부탁했잖나. 무엇이지? 오늘은 왠지 기분이 좋으니 친히 대답해 주지."

"너 맞는 게 취향이냐?"

디재스터는 알딘의 말에 대꾸하지 않았다.

그저 빤히 인디고를 쳐다봤다.

"…궁금한 게 있다."

"말하라."

"너흰 왜 우리를 공격하는 거지? 영토 확장이 목적인 것도 아니고, 원하는 게 있지도 않으면서 왜 우릴 그토록 괴롭히냐 이 말이다."

"강자가 약자를 핍박하는 게 잘못된 것인가?"

"뭐, 뭐라고?"

"놀이일 뿐이다. 우린 너흴 사냥하고, 너흰 살기 위해 발악하고."

"……."

인디고의 눈에 절망이 스쳤다.

그는 뭔가 말하려고 준비했지만, 디재스터의 말을 듣자 준비한 것이 의미를 상실했다.

고작 재미로 수많은 인명 피해가 발생했다.

고작 재미 때문에 가족들이 죽었다.

고작 재미 때문에 친구들이 죽었고.

고작 재미 때문에 전우가 옆에서 하나둘 사라졌다.

"이 개새끼!"

인디고는 참을 수 없었다.

허리춤에서 나이프를 뽑아 들었다.

작은 스위치를 누르자 칼날이 보라색으로 물들었다.

초진동 나이프였다.

"죽어!"

그는 초진동 나이프를 디재스터의 심장에 박았다.

"……!"

그러나 무엇이든 절삭하는 초진동 나이프는 두꺼운 피부조차 뚫지 못했다.

"질문은 끝인가?"

"젠장… 빌어먹을……."

인디고는 허무한 얼굴로 무릎을 꿇었다.

꺼지지 않은 칼날이 바닥에 닿아 찌르르르! 시끄러운 소리를 흘렸다.

"흠! 들어 보니 좀 심하네."

그때 가만히 있던 알딘이 입을 열었다.

디재스터가 고개를 돌려 그를 보았다.

"아주 쓰레기 새끼였네. 재밌냐? 약한 애들 건드리면."

"왜 그렇게 화를 내지? 나랑 비슷하게 생겼다고 편을 드는 건가? 미안하지만 이들은 너와 닮았어도 같은 종족이 아니다. 그러니 감정 이입 하지 않아도 괜찮다."

"무슨 개소리야? 그냥 너희 하는 짓거리를 욕하는 건데."

"넌 개미를 괴롭히는 데 의미를 부여하나? 마찬가지다. 우리에게 이들은 그저 개미일 뿐."

"븅신아, 개미랑 애네랑 같냐? 애넨 말이 통하잖아. 그렇다고 개미를 왜 괴롭혀? 그렇게 큰 애들이 나중에 정서상 문제가 있는 거야. 아, 그래서 애네 괴롭히는 건가? 어릴 때 개미 괴롭혀서."

"우리 종족을 무시하는 발언은 용납하지 못하겠군."

"야, 좆 같으면 그냥 이쪽으로 넘어와. 우리가 상대해 줄 테니까 약한 놈들은 건드리지 말고."

알딘이 붉은 눈을 번뜩이며 디재스터에게 경고했다.

그의 몸에서 유형의 살기가 흘러나오기 시작했다.

"내가 요 2년 귀찮은 건 싫어서 평범하게 보냈는데, 너희라면 언제든지 환영이거든."

"오만하군. 네가 강하다는 건 인정하지. 하지만 우리 종족은 네가 생각하는 것보다 훨씬 강……."

"새끼가 말이 왜 이렇게 길어? 쫄았어? 아니면 내가 거기로 넘어가 줄까?"

"…그 밑 김딩힐 수 있겠나?"

"야."

알딘이 디재스터에게 한 걸음 다가갔다.

"데리고 와. 다 죽여 줄 테니까."

"잠깐, 잠깐."

알딘이 당장에라도 디재스터의 목을 베어 버릴 기세를 흘리자 레아가 둘 사이를 막아섰다.

"오빠, 잠깐 진정해요, 진정."

"진정하게 생겼어? '둠스데이'도 저렇진 않았어."

"알아요, 알아. 근데 진짜로 오면 그건 그것대로 골치 아프잖아요. 안정기가 찾아온 지 얼마나 됐다고."

"쳇!"

"일단 저한테 맡겨요."

알딘은 레아가 등 떠밈에 어쩔 수 없이 밀려나 주었다.

레아는 눈을 치켜뜨며 디재스터에게 말했다.

"뭐, 오빠가 한 말은 진지하게 듣지 말고. 그렇다고 무시하진 마. 나까지 수틀리게 하면 그땐 진짜 전쟁이니까."

"무서운 부부로군."

"긴말은 안 할게. 이자의 종족을 괴롭히는 짓은 그만둬. 강자는 약자를 밟을 권리 같은 건 없어. 그리고 그거 되게 병신 같아 보이거든. 무슨 애들 괴롭히는 것도 아니고."

"우리가 왜 너희 말을 따라야 하지?"

"그럼 우리랑 진짜 해보게? 설마 오빠가 끝이라고 생각하는 건 아니지? 너도 몇 번 겪어 본 걸로 아는데."

디재스터는 알딘의 부름을 받고 몇 차례 신 혹은 마왕과 격돌한 적 있었다.

그들의 힘은 알딘 못지않았다.

디재스터의 눈이 가늘게 좁혀졌다.

"대신 우리 쪽으로 넘어올 자격을 주지."

"넘어온다?"

"그래. 약자들 괴롭히지 말고 이곳에 와서 강함을 겨루자고. 전쟁을 하자는 게 아니야. 너희한테도 나쁘지 않은 얘기 아닌가?"

레아는 지금 이 기회를 잘하면 유저들의 성장에 쓸 수 있겠다고 생각했다.

현재 홀리 가디언은 안정기에 돌입하며, 극적인 강자의 탄생은 더 이상 찾아볼 수 없었다.

고인 물은 썩은 물이 되었고, 썩은 물은 더 썩어 기름이 될 지경이다.

그런 상황에 디재스터 종족이 이곳으로 넘어온다면?

전쟁이라면 꽤 피곤한 일이 되겠지만, 경쟁이라면 다른 이들에게 동기부여는 될 것이다.

"흠."

"잘 생각해 보라고. 너희가 뭘 추구하는지 모르겠지만, 더 재밌는 세상이 있으니까."

"일단 고려는 해 보지."

레아는 속으로 안도의 한숨을 쉬었다.

디재스터는 대화가 잘 끝났다고 생각했는지 원래 있던 곳으로 돌아갔다.

"젠장! 저 새끼 사지를 잘라 버렸어야 했는데."

"오빠, 그 성격도 문제예요. 일을 왜 키우려고 해요?"

"몰라. 그냥 화나잖아."

두 사람이 투닥이고 있을 때 인디고가 그들에게 다가왔다.

그는 허리를 숙이며 감사를 표했다.

"고맙다."

"됐고, 이젠 너희 알아서 해라. 나는 그만 가서 쉬어야겠

Chapter 4 • 233

으니까. 앞으로 나 찾지 말고. 가자."
"보상은 받고 가야죠?"
"젠장! 나 먼저 갈게."
알딘은 그 말을 남기고 휙 하고 사라졌다.
레아는 어깨를 으쓱이며 하칸을 보았다.
"정산 타임~"
"……."
하칸은 뭐가 뭔지 모르겠단 얼굴이 되었다.

✠ ✠ ✠

메제스는 하루하루가 스트레스였다.
스트레스의 시작은 언제부터였을까?
'유토피아' 길드에게 길드전에서 참패를 당했을 때?
아니다.
골든 드래곤 레이드를 성공적으로 이끌어 최고의 길드가 되었을 때?
아니다.
그냥 길드를 만들었을 때부터 지금까지.
거의 10년 동안, 메제스는 매일이 스트레스였다.
물론 스트레스가 덜한 날도 있었고, 더한 날도 있었다.
하지만 지금처럼 지쳤던 날은 존재하지 않았다.
"나도 슬슬 은퇴할 때인가?"

그는 자신의 집무실 창가 앞에 앉아 파란 하늘을 보며 중얼거렸다.

그의 나이 올해로 마흔.

시간이 야속할 정도로 빠르게 흘러갔다.

피지컬도 예전만 못해 망치의 왕이라 불렸던 때에 비하면 많이 녹슬었다.

"'유토피아'한테 지며 왕좌에서도 내려왔는데, 슬슬 세대교체를 할 때가 되긴 했지."

알딘은 2년 전에 은퇴해 레아랑 유유자적 놀러 다닌다고 들었다.

참 나.

젊은 놈의 자식이 벌써 정년퇴임한 늙은이 행세다.

똑똑똑-

한창 사색에 잠겨 있을 때 누군가 집무실 문을 두드렸다.

"들어와."

"실례합니다~"

집무실에 들어온 여자는 능청맞은 목소리로 인사했다.

메제스의 전속 비서이자, '울트론'의 대외사를 책임지고 있는 청루였다.

사실상 '울트론'은 메제스보다 그녀가 굴린다고 보는 게 맞았다.

메제스는 없어도 되지만, 청루는 없으면 안 된다는 말이 나돌 정도이니 말 다 했다.

물론 길드장이 버젓이 있는데 간부급 길드원이 그런 권력을 쥐고 있는 건 불가능했다.

"당신 또 궁상맞게 뭐 하는 거예요?"

"잔소리는 집에서만 듣자고."

두 사람이 부부이기 때문이다.

청루는 길드 연합 '조커'에게 '울트론'이 개박살 나고, 길드를 거의 새로 재건하다시피 할 때 메제스의 옆을 보필했다.

남녀가 오랜 시간 붙어 있다 보면 서로 눈이 맞기 마련.

정확히 3년 전.

알딘 부부와 비슷한 시기에 그들도 결혼을 했다.

메제스는 늘어지게 하품을 하며 의자에 몸을 푹 누였다.

"진짜 은퇴할까 봐."

"나쁘지 않죠."

"말리지 않는 거야?"

"말릴 이유가 뭐가 있겠어. 나도 힘들어 죽겠는데~"

그리 대답한 청루는 그의 옆에 나란히 앉았다.

"더 이상 최강이라는 부담감도 없고, 대중도 우리한테 큰 관심을 접었잖아요. 박수칠 때 떠나지 못하는 게 아쉽긴 하지만, 이룩한 게 어딜 가는 건 아니니까."

"대부분 알딘이 하는 일에 편승한 거지만."

"중요한 건 우리가 알딘 옆에 있었다는 거죠."

청루가 히죽 웃으며 답하자, 메제스도 마지못해 웃었다.

"참 많이 해 먹었어."
"엄청 해 먹었죠."
"소소하게 당신이 하고 싶은 꽃 가게나 하면서 살자고."
"말 안 해도 그렇게 하려고 했어요."
두 사람은 서로를 보며 숨이 넘어가라 웃었다.

※ ※ ※

"그래서 길드장직을 내려놓겠다고?"
"어. 네가 고생 좀 해 줘라."
"싫어."
'울트론'의 최강 플레이어 피쉬가 메제스의 부탁을 단칼에 거절했다.
"부길드장 제안도 거절했던 나다. 미쳤다고 길드장을 하겠냐?"
"계속 맡아 달란 게 아니야. 적임자가 나타날 때까지만 부탁하자고."
"적임자를 구할 때까지 네가 맡으면 되잖아? 당장 할 일이 있는 것도 아니면서."
피쉬는 일침을 가하며 유리잔에 양주를 콸콸 부었다.
대충 얼음을 휘젓고, 언더락으로 시원하게 들이켰다.
탁!
그는 잔을 테이블에 세게 내려놓으며 메제스를 휙 쳐다

봤다.

"그리고 말이야. 아직 놈들한테 리벤지도 못했는데, 누구 맘대로 은퇴한다는 거야?"

"리벤지가 무슨 의미가 있겠어. 영원히 우리가 다 해 먹을 수는 없는 노릇이야. 언제고 새로운 강자가 나타날 거라고 예상했잖아."

"아직이야. 부동의 1위는 거저 얻은 게 아니라고. 그땐 방심했어."

피쉬가 입가에 잔을 대고 중얼거렸다.

'유토피아'와의 길드전에서 선봉을 맡은 건 바로 피쉬였다.

그는 그날의 굴욕을 아직도 잊지 못하고 있었다.

"만반의 준비를 하고 다시 길드전 하면 절대 안 져."

남은 양주를 한입에 들이켰다.

피쉬는 입가를 슥 닦고 메제스에게 말했다.

"그러니까 다시 왕좌를 찬탈할 때까지 은퇴할 생각 하지 말라고."

"많이 취했어, 친구. 이 얘기는 내일 마저 하자고."

"나 안 취했어~ 안 취했다고!"

메제스는 못 말리겠다는 얼굴로 고개를 저었다.

피쉬 다음은 호야였다.

그녀 역시 '울트론' 초기부터 함께해 온 가족이나 다름없는 동지였다.

그녀는 처음에 잘못 들은 줄 알고 되물었다.

"뭐라고요?"

"은퇴하려고."

"…왜요?"

호야는 이유를 모르겠단 얼굴을 했다.

"지금까지 열심히 쌓아 놓은 금자탑을 이렇게 쉽게 걷어 차겠다고요?"

"많이 했잖아."

"청루 씨는 뭐라시는데요?"

"나랑 같이 은퇴하려고 준비하고 있어."

"허! 그럼 길드는 대체 누가 굴리는데요?"

"그래서 말인데, 자네가 피쉬랑 함께 길드를 맡아 줬으면 좋겠어. 차기 길드장으로 알맞은 적임자가 나오기 전까지. 자네들이 쭉 이어 가면 더 좋고."

"무책임한 말 하시네요."

"미안해. 부탁할 만한 사람이 자네들뿐이야."

"하아!"

호야는 이마를 짚으며 고개를 저었다.

메제스는 그렇다 쳐도 청루까지 그럴 줄은 꿈에도 생각 못했다.

약간의 배신감마저 느껴질 정도였다.

하지만 그들이 얼마나 노력했는지 옆에서 지켜봤기에 누구보다 잘 알고 있었다.

'울트론'은 많은 우여곡절을 겪으며 이곳까지 올라왔다.

자신도 많이 힘들었는데, 수장인 메제스와 길드의 대소사를 총괄하는 청루는 어땠겠는가.

"일단 알겠어요."

"고맙네."

그렇기에 호야는 고개를 끄덕일 수밖에 없었다.

"젠장! 진짜 할 생각이야?"

"이미 돌이킬 수 없다구?"

"빌어먹을 녀석."

피쉬는 이마를 문지르며 한숨을 쉬었다.

그렇게 말렸건만, 기어코 메제스와 청루는 자신들의 뜻을 굽히지 않았다.

이 무슨 속전속결이란 말인가.

결정한 지 고작 이틀밖에 되지 않았다.

피쉬는 총본부 부지에 모인 수백 명의 길드원을 보았다. 그뿐 아니라 협력 길드의 수뇌부도 잔뜩 몰려왔다.

"나는 잘할 자신 따위 없어. 그리고 니들이 나가는 이상

나 역시 관둘 거야. 구해지는 즉시 말이야!"

"저 역시 마찬가지예요. 설마 본인들은 이기적으로 굴었으면서 저희는 그러지 말란 말은 안 하겠죠?"

"그것 역시 너희 선택이라면."

"저희는 말리지 않아요."

"젠장!"

피쉬는 담배를 입에 물었다.

"그건 또 어디서 구했어?"

"몰라도 돼."

"까칠하기는."

"까칠해도 돼."

피쉬의 투덜거림에 메제스와 청루가 동시에 웃었다.

곧 퇴임식이 진행된다.

메제스는 10여 년간의 여정을 떠올렸다.

참 길었다.

많은 길드가 생기고 사라지고를 반복했다.

유명 길드의 길드장은 여러 번 바뀌었다.

초대 길드장이 지금까지 길드를 운영하는 경우는 거의 없었다.

메제스는 지금이야말로 나름의 적기라고 확신했다.

"가지."

군중 앞에서 짧게 퇴임 연설을 할 것이다.

화려한 말은 준비하지 않았다.

그간 느꼈던 걸 소고의 형식으로 풀어낼 생각이다.
청루가 메제스의 옷가지를 정리해 주었다.
"잘해요."
"잘하고 말고 할 게 있나."
10년을 봐 온 사람들이다.
물론 1년도 채 안 된 이들도 있다.
한 달도 안 된 이들도 있다.
그래도 다 한 지붕 아래 삼삼오오 모여 살았다.
함께 모험을 즐겼다.
메제스가 문을 열었다.
많은 이들의 박수갈채가 쏟아졌다.
'많군.'
밖에서 보던 것보다 훨씬 많아 보인다.
메제스는 단상으로 걸어가 준비된 마법 공학 마이크를 툭툭 건드렸다.
지이잉- 시끄러운 에코가 장내에 울려 퍼졌다.
"다들 밥은 먹었나?"
"예, 보스!"
"리안네 가서 먹고 왔슴다!"
"이거 끝나면 팀원들이랑 먹을 생각이에요!"
"라이칸 녀석들은 지금 밥 먹다 늦어서 헐레벌떡 달려오고 있답니다!"
많은 이들이 각자의 소식을 전파했다.

메제스는 흐뭇한 얼굴로 고개를 끄덕였다.
"밥은 굶지 않아서 좋네."
그가 시선을 하늘로 옮겼다.
"맑은 날이야."
소란스럽던 군중이 모두 침묵했다.
메제스는 말없이 그들을 둘러보았다.
"방금까지만 해도 무슨 말을 할지 머릿속으로 생각해 뒀단 말이지. 이렇게 말하자, 저렇게 말하자. 화려한 말은 불필요하다. 짧게, 하고 싶은 말을 요약하자."
다 부질없는 생각이었다.
그런 말들이 다 무슨 소용일까.
메제스는 그저 마이크 뒤로 한 걸음 물러났다.
그리고 고개를 구십 도로 숙였다.
"모두 즐거웠다. 고마워."
"보스! 저희도 재밌었습니다!"
"앞으로도 재밌게 보내자구요!"
"길드장 아니니까 앞으론 편하게 부를게요!"
"내가 더 형이니까 앞으로 말 놓는다, 메제스!"
"우하하하하!"
사방에서 웃음보가 터졌다.
반대로 꺼이꺼이 우는 이들도 많았다.
"정말 즐거웠습니다, 보스!"
"가끔 놀러 오라구요! 젠장!"

"흐으으윽! 그만두지 말라고요. 빌어먹을!"

그들의 반응에 메제스는 마음이 편해짐을 느꼈다.

메제스는 젊은 날 부모를 둘 다 여의었다.

친인척은 어릴 때부터 나 몰라라 하고 살았다.

그에게 가족은 없었다.

그러다 홀리 가디언이 런칭했고, '울트론'을 만들었다.

처음엔 평범한 친목 길드였다.

나쁘지 않았다.

서로 놀고, 사냥하고, 가끔 오프라인 정모도 하고.

그러다 규모가 점점 늘었다.

식구 역시 점점 늘었다.

메제스는 한 가정의 가장이 된 것 같았다.

점점 비즈니스가 되어 가는 것 같았지만 최대한 기존의 분위기를 지키기 위해 노력했다.

어려웠던 적도 많았다.

모두 이겨 냈다.

그렇기에 '울트론'은 그의 집이었고, 또 가족이었다.

"끄흐윽! 모두, 모두… 고마웠다!"

참지 못하고 터진 눈물은 순식간에 전파되었다.

뒤에서 지켜보고 있던 청루 역시 소리 없이 끅끅거렸다.

호야도 마찬가지였다.

피쉬는 몸을 돌려 혀를 찼다.

그는 어떻게든 쏟아지려는 눈물을 참기 위해 애를 쓰고

있었다.

메제스는 그날부로 백수가 되었다.

✠ ✠ ✠

"메제스 은퇴했대요."

"알아. 와 달라고 부탁받았었어."

"그런데 왜 안 갔어요?"

"됐어. 그런 건 가족끼리 보내는 거야."

"오빠도 가끔 보면 세심하다니까."

"그걸 이제 알았어?"

내 말에 레아가 피식 웃었다.

그녀는 내 옆에 길러 있는 그물 침대에 누워 잎사귀 사이로 떨어지는 햇볕을 보았다.

"여기 너무 좋다~"

"가끔은 현실 휴양지도 좋은 법이지."

우리는 현재 발리에 와 있었다.

항상 홀리 가디언에서만 여행을 했기에 이번엔 기분 전환 삼아 현실에서 여행을 간 것이다.

"가끔은 주객이 전도된 삶을 사는 것 같긴 해."

"가상현실 게임의 문제 아니겠어요?"

"VR은 개발되지 말았어야 해."

"어머! 그럼 우린 영영 못 만났을걸요?"

Chapter 4 • 245

"끄응!"

레아는 누가 뭐래도 다이아몬드 수저.

나는 좋게 봐줘도 은수저였다.

사는 세계가 달랐기에 홀리 가디언이라는 접점이 없었다면.

아니, 내가 회귀자가 아니었다면 꿈에서나 만날 수 있었을 것이다.

"VR은 개발되기 잘했어."

"말 바꾸기는!"

레아가 갑자기 옆구리를 손가락으로 간지럽혔다.

"으하하! 간지럽히지 마! 간지럽히지… 으하하하!"

간지럼은 내 최대 약점.

나는 그대로 자지러져 바닥에 떨어졌다.

✢ ✢ ✢

신성 기사 시로네는 근 10년째 그랑데 교단에서 지내고 있었다.

변화를 싫어하는 그녀였기에 새로운 모험 같은 건 추구하지 않았다.

평생을 이렇게.

홀리 가디언이 서비스 종료할 때까지 이대로 쭉 지낼 생각이었다.

"하암."

늘어지게 하품을 한 시로네는 테이블 위에 놓인 홍차를 홀짝였다.

이 생활도 정말 수년을 반복했지만 질리지가 않는다.

이젠 집처럼 느껴질 정도였으니, 집이 질릴 리가 없잖은가.

"오! 시로네 님! 여기 계셨군요."

"아, 사제님. 저한테 볼일이라도 있나요?"

"대주교께서 찾으십니다."

"대주교님이요?"

"예."

"무슨 일로?"

"저야 모르지요. 가 보시죠."

사제는 웃으며 대답하곤 그대로 자리를 떴다.

시로네는 멀뚱히 그의 뒷모습을 보다가 자리에서 일어났다.

집주인이 부르는데 식객이 따르지 않을 수 없다.

이미 자리에서 일어났겠다, 그녀는 지체하지 않고 곧바로 교주실로 향했다.

똑똑-

노크하자, 안쪽에서 노인의 목소리가 들려왔다.

"들어오세요."

"찾으셨다고요?"

"아, 시로네. 어서 오세요."

대주교가 인자한 얼굴로 그녀에게 손짓했다.

시로네는 영문을 모르는 얼굴로 맞은편에 앉았다.

"다름이 아니고, 마을 아래쪽에서 소란이 났다고 해요. 시로네가 가서 정리를 좀 해 주세요."

"제, 제가요? 그건 마을 경비가 알아서……."

"오랜만에 바깥바람도 좀 쐬라구요."

"아."

대주교는 그녀에게 그냥 임무를 준 게 아니었다.

계속 교단에만 있는 게 안쓰러워 마을 구경도 좀 하고 오라는 뜻이 담겨 있었다.

다만, 시로네는 눈치 없이 너무 오래 교단에 있었나 하는 생각을 했다.

대주교는 연륜만큼이나 눈치가 빨랐다.

"시로네가 계속 교단에 있어서 그런 게 아니에요. 시로네는 저희 형제이며, 자매예요. 한 가족이 집에 있는 게 이상한 게 아니에요. 다만 사람은 한곳에만 머무르면 고이는 법이에요. 고이면 썩죠. 나는 시로네가 그렇게 되지 않았으면 좋겠어요. 시로네에게 임무를 꾸준히 주는 이유도 8할은 그것 때문이에요."

대주교의 진정성 있는 말에 시로네는 고개를 끄덕였다.

하긴, 만인을 베푸는 자리에 있는 대주교가 고작 교단에 오래 머무른다고 뭐라 할 사람은 아니었다.

자신을 신경 써 준 것이다.

"알겠습니다, 대주교님."

"그래요. 다녀오세요."

"네."

시로네는 회백색 머리를 뒤로 넘기며 자리에서 일어났다.

그러곤 고개를 꾸벅 숙이고 대주교의 집무실을 나갔다.

대주교는 그녀가 나간 자리를 보며 한숨을 내쉬었다.

"하아! 젊은 처자가 연애도 하고 그래야 할 텐데."

그랑데 교단은 순결에 관한 교리는 존재하지 않는다.

시로네는 오랜만에 외출을 했다.

반강제에 가까운 외출이긴 하지만 오랜만에 바깥나들이라 기분은 좋았다.

"상쾌하네."

홀리 가디언은 이런 평범한 도시의 기후는 맑음으로 조정해 놓지만, 오늘처럼 구름 한 점 없는 날은 흔하지 않았다.

"그나저나, 무슨 소란이지?"

그 애길 듣지 못했다.

마을 아래로 가면 알 수 있으려나?

그녀는 혼자 중얼거리며 교단이 위치한 작은 산을 천천히 내려갔다.

그렇게 하산을 마치고 마을 입구에 들어갔다.

교단이 있는 마을인 만큼 인구수는 제법 많았다.

바글바글까진 아니어도 사람 냄새 잔뜩 풍기는 곳이라 시로네도 덩달아 신이 났다.

가끔은 내려와도 괜찮겠다 싶을 정도로.

그녀는 시장 길을 가로질렀다.

맛있어 보이는 사과가 있어 하나 사서 입에 물었다.

"상큼해."

아삭한 게 매우 신선했다.

농약이 없는 세계는 이래서 좋다.

현실에선 과일 먹으려면 기본적으로 물로 닦아 줘야 한다.

유기농 식품이 많이 나오곤 있지만, 유기농은 기본적으로 비싸다.

"이곳에서 먹는 게 현실에도 적용되면 얼마나 좋을까."

가끔 그런 상상을 한다.

3대 영양소든, 비타민이든.

게임에서 먹는 게 현실에까지 적용된다면 식량 부족 현상도 모두 해소할 수 있을 텐데.

그러면 현실이 크게 위태로워지려나?

"아, 살도 엄청 찌겠네."

이 부분을 생각하지 못했다.

홀리 가디언엔 맛있는 게 많아, 현실에서보다 거의 다섯 배 가까이 많은 음식을 섭취했다.

만약 이것까지 현실에 적용된다면 그녀는 순식간에 꿀꿀이가 될 것이다.

'뚱뚱해져도 상관은 없긴 한데.'

어차피 밖에 나가지도 않는다.

누군가에게 보여 줄 것도 아니고.

평생 이렇게 살 건데.

…….

"에혀! 내가 뭔 생각을 하는 거냐."

이제는 옛날이라고 표현해도 좋을 그날 이후로 시로네는 쭉 혼자였다.

알딘에게 차이고, 가이덴의 고백을 거절했다.

그 뒤로도 꾸준히 구애해 온 남자들은 많았지만, 시로네는 누구도 받아들이지 않았다.

그냥 그러고 싶었다.

혼자 살고 싶었다.

고독했지만, 고독한 것도 나름 나쁘지 않았다.

"바람이 선선하네."
하늘하늘 불어오는 바람은 적당히 시원했다.
"옛날 생각해서 뭐 하냐."
이제는 모두 과거다.
머릿속에서 일말의 그리움조차 남지 않은 과거.
몇 년간은 괴로웠지만, 시간이 약이라는 말은 정확했다.
"그분은 뭐 하고 살려나?"
아주 가끔 이런 생각이 들었다.
2년 전, 알딘이 은퇴했다는 얘기는 들었다.
알기 싫어도 알 수밖에 없었다.
전 세계의 커뮤니티가 서버가 터질 정도로 난리였으니까.
SNS엔 그에 대한 얘기가 미친 듯이 올라왔고, 심지어 TV 정규 방송에까지 언급될 정도였다.
알딘의 파급력은 그 정도였다.
"잘살고 있겠지, 뭐."
그녀 역시 게임으로 돈을 버는 케이스라 네임드 유저일수록 돈을 벌 기회가 많다는 걸 알고 있었다.
알딘은 세계적인 기업들의 스폰을 받았기에 3대가 먹고 살아도 부족하지 않을 만큼 벌었을 것이다.
그때였다.
"아니, 음식에서 벌레가 대체 왜 나오는 거냐고!"
쾅!

탁자 같은 게 부서지는 소리였다.
소란의 근원지는 저곳이구나.
시로네는 그곳으로 빠르게 달려갔다.

✥ ✥ ✥

험악하게 생긴 문신남이 미간을 찡그리며 뚝배기에 담긴 내용물을 툭툭 건드렸다.
"이봐, 주인장! 이게 뭐냐고!"
"아, 아니, 저는 음식에 벌레를 넣은 적 없습니다. 그리고 내올 때만 해도 그런 건 없었어요."
"그럼 지금 내가 구라라도 치고 있다, 이 말인가?"
"그, 그것이."
"하! 참 나! 시벌! 뻰또가 확 상해 버리네. 음식은 드럽게 못 만드는 주제에 아주 가끔 찾아오는 손님 대우를 이렇게밖에 못하냐?"
문신남이 주인장의 멱살을 틀어쥐었다.
주변에서 웅성거리는 소리가 커졌다.
문신남은 신경 쓰지 않고 한 손으로 늙고, 작은 주인장을 들어 올렸다.
"사, 살려 주십쇼!"
"아, 난 도저히 못 넘어가겠어. 기분이 너무 나쁘다고!"
"전 정말 넣지 않았습니다!"

"시끄럽고. 벌레가 여기 있잖아, 벌레가!"

"저, 저보고 어떻게 하란 말씀입니까? 제가 넣은 게 아닙니다. 정말입니다."

"아냐, 쉬벌! 됐고, 정신적으로 많이 힘든 상태니까 피해보상비 내놔."

"그, 그게 무슨 말씀인지."

"정신적 피해보상비를 내놓으라고!"

쾅-!

"쿨럭!"

문신남이 주인장을 반대편 테이블로 집어 던졌다.

충격이 컸는지 주인장이 크게 기침했다.

그러자 피가 몇 방울 흘러나왔다.

내장이 진탕된 것이다.

"거, 엄청나게 허약한 몸뚱이네. 아무튼 벌레가 나왔으니까 내가 직접 챙겨 갈게?"

"아, 안 됩니다……."

주인장이 힘겹게 팔을 뻗어 문신남의 다리를 움켜쥐었다.

"안 되기는."

문신남이 다리를 털자 얇은 팔이 튕겨 나갔다.

하지만 포기할 수 없다는 듯 주인장은 몸을 날려 그의 다리에 매달렸다.

"안 됩니다. 제 손녀, 손녀 약값입니다."

"지랄."

문신남은 그를 비웃듯 붙잡힌 다리를 휘둘렀다.
빽!
"끄억!"
그대로 등부터 벽에 충돌한 주인장은 눈동자를 까뒤집으며 바닥으로 떨어졌다.
"낄낄! 멍청한 놈. 왜 사서 고통받으려고 하는지."
사람들이 지켜보건 말건 문신남은 그들을 없는 사람 취급했다.
애초에 아무도 그를 말릴 생각을 하지 않았다.
금고에 손을 대고 있는 지금 이 순간까지도.
"안 돼……."
주인장이 고통 섞인 음성으로 문신남 쪽으로 팔을 뻗었지만 당연히 닿지 않았다.
그러기엔 둘 간의 거리가 너무 멀었다.
"애걔? 이것밖에 없어? 하긴 장사가 드럽게도 안 되는 곳이니. 시벌!"
문신남은 이걸로 만족하겠다는 듯 모든 돈을 주머니에 집어넣었다.
"어이, 주인장. 다음엔 국밥에 벌레 넣지 말라고."
"안 되는데……. 흐으윽……. 안 되는데……."
"안 되기는, 뒤질라고."
문신남이 그의 뒤통수를 때리려고 팔을 들었다.
그러나 팔은 움직이지 않았다.

"뭐야?"

그가 눈을 찡그리며 뒤를 돌아봤다.

시로네는 차갑게 가라앉은 눈으로 그를 노려보았다.

"세상에 이런 삼류 악당도 다 있구나."

"뭐, 뭐야, 이 계집은?"

"사람이 이렇게 많이 있는데도 대놓고 사람을 폭행하고, 간덩이가 배 밖에 나오기까지 하다니."

"넌 뭐냐고, 이년아!"

"그런데 사람들도 참 문제야. 작고, 힘없는 노인이 이렇게 고통받는데 아무도 나서서 도와주질 않아."

"이 미친년이!"

문신남이 더 이상 못 들어 주겠다는 듯 주먹을 휘둘렀다.

시로네는 고개를 저었다.

"그리고 주제 파악도 못하는구나."

콱!

"우욱!"

문신남의 몸이 90도로 구부려졌다.

마치 예의 바르게 인사를 하는 것처럼.

시로네는 눈동자만 아래로 내려 한심한 눈빛으로 문신남을 보았다.

"그래 봐야 동네 깡패면서 뭐가 그리 잘났다고."

"다, 당신은 대체……. 끄악!"

시로네는 알 것 없다는 듯 주먹으로 그의 얼굴을 후려쳤다.

그녀의 레벨은 일개 깡패가 감당할 수 없는 수준이었다.
평범한 펀치 한 방에 수십 미터를 날아갔다.
사람들은 경악한 얼굴로 시로네를 보았다.
"당신들 모두 죄인이야. 심판받을 준비를 하고 있어."
그 말에 사람들이 당황한 얼굴이 되었다.
"우, 우리가 왜 죄인이오?"
"우리는 아무것도 하지 않았소!"
"아무것도 하지 않았기 때문에 죄인인 거야."
"그, 그런 억지를……."
"내 이름은 시로네. 그랑데를 모시는 신성 기사. 대주교님의 명령을 받고 이곳의 소란을 종식시키기 위해 왔다."
"시, 신성 기사!"
"교단의 수호자!"
시로네가 정체를 밝히자 그제야 사람들은 정말 큰일 날 수 있겠다고 생각했다.
시로네는 그들이 한심했다.
임무를 맡으면 보통 위험한 곳에 가는 시로네였다.
이런 마을에서 벌어지는 소일거리를 맡은 적이 없으니, 마을 사람들이 시로네를 아는 것 역시 불가능했다.
"당신들에게 크게 실망했어."
시로네는 그리 말하며 문신남에게 걸어갔다.
게거품을 물고 기절한 그를 억지로 일으켜 세웠다.
"너는 특히 긴장해야 할 거다."

그의 주머니에서 모든 돈을 꺼냈다.

심지어 그가 원래 가지고 있던 돈까지 남김없이 꺼냈다.

그러고 나서 주인장에게 다가갔다.

"당신 치료 비용입니다."

"기, 기사님."

"그리고 이건 제 서비스예요."

시로네가 손바닥을 펼치자 신성력이 흘러나오며 주인장의 모든 상처를 치유했다.

"오오……!"

"신의 기적이다."

"정말 신성 기사님이셨어."

"우, 우리도 정말 심판받는 건가?"

한심한 사람들.

시로네는 한숨을 쉬며 자리에서 일어났다.

그녀는 다시 문신남에게 걸어가 그의 머리카락을 움켜쥐었다.

그러곤 질질 끌고 사라졌다.

남아 있는 마을 사람들에게 아무 말도 하지 않은 채.

그들은 한동안 공포에 떨 것이다.

정말 교단에서 자신들을 잡아가면 어쩌나 하는 불안함을 느끼며 잠도 설치겠지.

'그 정도면 충분한 심판이겠지.'

시로네는 새로운 경험이 기분 나빴지만, 그렇다고 썩 구린 것 같지 않았다.

이런 것도 삶의 한 부분이리라.

"아, 배고프다. 맛있는 거 먹어야지."

일단, 이 못된 놈부터 감옥에 처넣고.

Chapter 5

 몸에 딱 달라붙는 검은 티를 입은 남자가 멍하니 석양을 보고 있다.

 그의 옆엔 두터운 적색 갑옷과 엄청나게 큰 대검이 놓여 있었다.

 남자는 들고 있는 술을 병째 들이켰다.

 드워프 특제 맥주로 독일의 흑맥주처럼 새까맸는데, 많은 유저가 즐기는 맥주였다.

 "후."

 남자는 단숨에 반병을 들이켜고 숨을 내뱉었다.

 일반 맥주는 도수가 10퍼센트도 되지 않는데, 이 맥주는 20퍼센트가 넘었다.

 이 정도면 맥주라고 불러야 되는 게 맞나 싶을 정도지만,

아무렴 어떤가.

맛만 좋으면 되는 거지.

"슬슬 돌아갈까."

남자는 자리에서 일어났다.

남은 맥주를 비우고 병은 바닥에 던졌다.

그는 갑옷을 걸치고, 남자보다 1.5배는 커다란 대검을 등에 짊어졌다.

그가 슬슬 떠날 준비를 할 때 꼬마 하나가 후다닥 달려왔다.

"제로스!"

소년은 남자의 이름을 불렀다.

제로스는 공허한 눈으로 꼬마를 쳐다봤다.

이제 7살쯤 되어 보이는 귀여운 금발의 여자아이였다.

"레이미, 여기는 위험하다고 했잖아."

"그렇지만 제로스가 너무 늦게 돌아오잖아. 걱정돼서 와 봤지. 히히!"

레이미라 불린 꼬마 숙녀는 앞니가 하나 빠져 있었는데, 그 모습이 무척 천진난만해 보였다.

"라오랑 같이 왔나?"

"으응. 아빠는 나무하러 갔다가 아직 안 왔어."

"그럼 여기까지 혼자 온 거야?"

"응!"

"용케 살아서 왔네?"

"제로스가 저번에 알려 준 길로 왔더니 괴물들 하나도 안 만났어."

레이미가 잘했냐는 얼굴로 제로스를 보았다.

마치 칭찬을 바라는 강아지 같았다.

제로스는 피식 웃으며 귀여운 숙녀의 머리를 어지럽게 헝클었다.

"잘했다."

"헤헤."

"그만 돌아가자. 밤이 되면 정말 위험한 곳이니까. 가서 밥이나 먹자꾸나."

물론 제로스에겐 식전 운동거리도 못 되었다.

그도 그럴 게 제로스의 레벨은 이미 아득할 정도로 높았다.

한때 랭킹 1위였던 알딘조차도 지금의 그에 비하면 한 수 아래였다.

'지상'에선 그에게 적수가 존재하지 않았다.

지상이 아니라면 꽤 많았지만.

제로스의 얼굴이 씁쓸해졌다.

예전 기억이 떠오른 것이다.

"제로스 표정이 안 좋아."

"아니다. 빨리 가자. 세론에겐 말 안 하고 나왔지?"

"응. 엄마는 몰라."

"엄마한테 크게 혼나겠구나?"

"잉? 레이미 혼나?"
"혼나지. 말도 없이 이런 위험한 곳에 왔으니까."
"히잉! 어떡해? 엄마 화나면 무서워……."
"하하! 그건 돌아가서 생각해 보자."
제로스는 레이미를 두 손으로 들어 목마를 태웠다.

※ ※ ※

"아이그! 이 기지배!"
"어, 엄마……."
"너 누가 혼자 그런 위험한 곳까지 가랬어! 어?"
"죄송해요……."
"진짜 이놈의 기지배 때문에 살 수가 없어요, 살 수가! 쬐끄만 게 겁도 없어 정말?"
"히잉……."
레이미는 엄마인 세론의 호통에 울먹거리며 제로스를 보았다.
제로스는 모르쇠 반대편을 보고 있었다.
"이 녀석이! 아저씨 쳐다보면 엄마가 안 혼낼 것 같아?"
"다신 안 그럴게요……. 흐이잉……."
레이미는 더 참지 못하고 닭똥 같은 눈물을 뚝뚝 흘렸다.
하지만 세론은 혼낼 때 제대로 혼내는 성격이었다.
안 그래도 위험 지역을 너무 겁 없이 돌아다녀서 걱정이

이만저만이 아니었다.

"안 되겠어. 매 맞아야겠어."

"잘못했어요! 잘못했어요!"

매란 말이 나오자 레이미가 손을 싹싹 빌기 시작했다.

세론은 단호하게 소녀의 얇은 팔목을 붙잡았다.

"따라와. 네가 크게 혼나야 정신을 차리지."

"제로스! 엄마 좀 말려 줘! 어, 엄마!"

"시끄러!"

'어릴 때 우리 어머니를 보는 것 같군.'

지금의 제로스는 진중한 성격이지만, 어릴 땐 부모님의 속을 아주 많이 썩였다.

혼도 많이 났고, 매도 많이 맞았다.

레이미가 애타는 얼굴로 사신을 본다.

"이거야 원. 세론, 한 번만 용서해 줘."

"안 돼요, 제로스 씨. 어릴 때부터 이러면 아주 나쁜 버릇이 든다구요."

"알잖아. 이러면 나중에 더 엇나간다고. 내가 잘 타이를 테니까 한 번만 용서해 줘. 대신 다음에도 그러면 절대 안 도와줄 거야. 알겠나?"

제로스는 세론을 진정시키고, 시선을 내려 레이미에게 경고했다.

레이미는 훌쩍이며 고개를 끄덕였다.

"내가 못 살아, 정말."

세론은 한숨을 쉬며 고개를 저었다.

제로스는 하하 웃으며 배고프다며 밥 좀 차려 달라고 부탁했다.

"레이미는 방에 올라가서 반성하고 있어."

"어, 엄마!"

"매 안 든 것만 해도 고마운 줄 알아! 이것아!"

"히잉!"

매는 피했지만, 반성의 시간은 피하지 못한 레이미는 울상을 지으며 방으로 들어갔다.

제로스는 어깨를 으쓱이곤 소파에 앉았다.

"그보다 라오는 나무하러 갔다면서."

"네. 그런데 좀 늦네요. 원래라면 지금쯤 도착했어야 하는데."

"흠."

"그보다 제로스 씨는 언제쯤 떠나요?"

"슬슬 가 봐야지. 이곳에서 볼일도 끝났으니."

"벌써요?"

세론이 놀란 눈으로 되물었다.

이들 부부에겐 약 한 달간 신세를 졌다.

그로서는 현실에서도 거의 경험해 본 적 없는 값진 추억을 손에 넣었다.

"너희들에겐 고맙게 생각해."

"저희야말로요. 제로스 씨 아니었다면 레이미는 혼자가

됐을 테니까요."

세론은 희미하게 웃으며 고기를 볶았다.

한 달 전, 제로스는 장기 퀘스트를 클리어하기 위해 이곳에 찾아왔다.

그의 레벨을 생각하면 정말 하찮은 곳이었지만, 평범한 NPC들에겐 지옥이나 다름없는 영역이었다.

그곳에서 제로스는 라오 부부를 만났다.

그들은 흉악한 몬스터에게 쫓기고 있었으며, 죽기 일촉즉발의 상황이었다.

평소 제로스였다면 죽든 말든 아는 체도 안 했을 것이다.

그저 '엄마, 아빠!'라고 부르는 소리를 들었고, 몸은 자동으로 움직였다.

"목숨값을 삯는 데 이 성노년 엄청나게 싼 서죠."

"하하! 그것도 그런가."

제로스는 푹신한 소파에 몸을 누였다.

사실 이곳에서 얻을 건 진즉에 다 얻은 상태였다.

평범하게 떠나고 싶지 않았다.

인간적이지 않은 삶을 살아온 그에게 이런 인간적인 삶은 마약처럼 중독적이었다.

현실에서 느껴 본 적 없는 따뜻함을 게임 속에서 느낀다.

제로스는 알 수 없는 기분에 눈을 감았다.

"조금만 잘게."

"안 그래도 다 완성하려면 시간 좀 걸릴 텐데. 눈 좀 붙이세요."
 집주인의 허락에 제로스는 잠에 빠졌다.
 게임 속에서 잠이라는 게 참 희한하지만, 현실에서 자는 것과 크게 다르지 않았다.
 제로스는 내일 떠나자고 속으로 중얼거리며 머나먼 의식의 저편으로 사라졌다.

✟ ✟ ✟

 다시 눈을 떴을 땐 누가 그를 흔들고 있었다.
 "이봐, 방에 가서 자지 왜 여기서 자고 있어?"
 "으음, 라오인가?"
 "어, 나야."
 갈색 콧수염이 인상적인 후덕한 남자가 히죽 웃었다.
 라오의 얼굴은 새빨갰는데, 거하게 걸치고 온 모양이었다.
 "많이 마셨나 보군."
 "하하하! 오랜만에 예전에 자주 보던 친구들을 만나서 말이지. 그보다 식사 준비 다 됐으니 빨리 오게."
 "그윽! 후! 알겠어."
 시원하게 기지개를 켠 제로스가 자리에서 일어났다.
 테이블로 가 보니 반성을 마친 레이미가 신난 얼굴로 포크와 나이프를 테이블에 툭툭 치고 있었다.

"맛있는 밥! 맛있는 밥!"
"왔어요?"
"응."
"앉아요. 당신도 대충 세수만 하고 와요."
"난 밥 먹고 왔는데."
"시끄럽고 세수하고 와요."
"으응."
이곳의 주인은 가장인 라오가 아니라 세론이었다.
제로스는 피식 웃으며 레이미 옆에 앉았다.
"제로스, 제로스! 오늘은 내가 좋아하는 그라탕 나왔어! 글쎄, 그라탕이라니까!"
"그래, 그래. 많이 먹어."
"새우 그라탕!"
레이미는 보기 드물게 흥분한 얼굴이었다.
어린아이다 보니 감정 표현이 정말 과장되어 보일 정도였다.
하지만 진심이라는 걸 한 달이란 시간 동안 충분히 경험해서 알고 있었다.
이것이 아이다.
"레이미, 식사 자리에선 얌전히 있는 거라고 엄마가 그랬지?"
"하지만 그라탕인걸요!"
"녀석도 참."

세론은 못 말리겠다는 듯 고개를 저으며 웃었다.

곧 세수를 마친 라오가 상석에 앉았다.

"먹자구!"

아직도 걸걸하게 취해 있지만, 주사가 싱글벙글 웃는 사람이 바로 라오였다.

라오가 가장 먼저 한 숟갈 뜨자, 너도나도 할 것 없이 그라탕을 먹기 시작했다.

한 입 먹자 왜 레이미가 그라탕을 이리도 좋아하는지 알 것 같았다.

"그라탕을 정말 잘하는군?"

"그래요? 호호호!"

세론이 민망한지 입술을 가리고 웃었다.

레이미는 옆에서 허겁지겁 그라탕을 들이켜는 수준으로 먹고 있었다.

그라탕 말고도 모든 반찬이 매우 맛있었다.

게임 속에서 많은 식사를 해 왔지만, 왠지 오늘의 식사는 영원히 기억 속에 남을 것 같았다.

'좋군.'

이런 소소한 행복.

영원했으면 좋겠는데.

제로스는 쓸쓸한 얼굴을 최대한 숨기며 식사에 집중했다.

✣ ✣ ✣

하루가 지났다.

로그인을 한 제로스는 구석에 있는 작은 방 안이었다.

라오 부부가 좋은 방을 주겠다고 했지만, 한사코 거절한 그였다.

"조용히 가자."

누구한테도 인사하지 말고 슬슬 떠날 생각이었다.

괜히 마주쳤다간 가기 싫어질 것 같아서.

어차피 지금 시간이면 라오는 사냥을 나갔을 것이고, 세론은 레이미와 시장에 갔을 것이다.

떠나려면 지금이 적기였다.

제로스가 문을 열고 밖으로 나왔다.

역시나 집은 텅 비어 있었다.

그는 집을 천천히 둘러보곤 대문을 열었다.

오늘은 비가 내렸다.

우기가 높은 동네긴 하지만 이런 날 비가 오니 기분이 한층 더 우울해진다.

"궁상맞구나. 혼자서 뭐 하는 거야?"

언제부터 이런 성격이었다고.

인생은 혼자다.

모든 걸 다 혼자서 해 왔다.

어쩔 수 없이 몰려다닌 적은 있지만, 그건 정말 어쩔 수 없을 때였다.

이건 나와 맞지 않는다.

제로스는 세뇌하듯 그렇게 생각했다.

"다음 갈 곳이나 확인해야겠어."

제로스는 지도를 펼쳤다.

장기 퀘스트는 아직 끝나지 않았다.

다음 갈 곳은 이곳에서 제법 거리가 있는 곳이었다.

한동안 여기로 돌아오지 못하리라.

발걸음이 떨어지지 않는다.

하지만 그것도 잠시.

터덜터덜-

제로스는 목적지를 향해 걸음을 옮겼다.

한때 압도적인 랭킹 1위로 최강의 자리에 군림했다.

알딘이란 숙적이 나타났을 때도 그의 위상은 줄어들지 않았다.

그러나 이제는 마왕이 된 타가스기에게 패배한 이후로 그의 위상은 급격히 줄어들었다.

그 타가스기가 알딘에게 처참하게 패배하며 위상은 한 번 더 추락했다.

한때 3강으로 묶였던 소천마의 주인 셰인의 존재도 있어

더는 최강을 논할 수 없게 되었다.

항상 최고여야 했기에 제로스가 느꼈던 상실감은 상상을 초월했다.

그는 수년간 지옥 속에서 살았다.

모든 시간을 레벨 업에 몰두했다.

녹슨 실전을 위해 미친 듯이 결투장에 참가했다.

그는 미친개가 되었다.

그는 투견이 되었다.

하지만 알딘이 은퇴하며 그것도 시들어 버렸다.

갈 곳을 잃으니 자연스럽게 방황하게 되었다.

상실감을 지워 보려고 타가스기에게 도전해 복수를 성공했다.

아무것도 채워지지 않았다.

알딘을 찾아가도 알딘은 더 이상 예전의 알딘이 아니었다.

셰인을 쓰러트려도 마찬가지였다.

제로스는 다시 홀리 가디언의 최강자가 되었다.

그러나 지금의 최강은 의미가 많이 퇴색되고 말았다.

패배의 쓰라린 기억은 그를 무력하게 만들었다.

그때 만난 것이 라오 부부였고, 그들의 딸인 레이미였다.

제로스는 그들에게 치유받았다.

"나쁘지 않았어."

오히려 좋았다.

제로스는 다시 모험을 떠난다.

앞으로는 지금까지와는 왠지 다를 것 같다는 예감이 들었다.

조금 더 사람들과 정을 붙여 가며 사는 것도.

"나쁘지 않아."

인생이 뭐 있겠나.

평생을 공허하게 살았으니, 이젠 채우면서 살 때도 됐다.

"알딘이나 만나러 가 볼까?"

제로스는 발걸음을 옮겼다.

목적지에 가기보단 오랜 숙적의 얼굴이 그리웠다.

✤ ✤ ✤

'흑룡'과 '둠스데이'의 전쟁이 '흑룡'의 승리로 돌아간 직후.

아멜로스, 본명 지성은 피 묻은 와이셔츠를 입은 채 어두운 골목을 배회하고 있었다.

그의 아름다운 외모는 지친 몰골에 가려지지 않았지만, 그의 상태가 좋지 않은 건 확실해 보였다.

"젠장, 젠장."

어쩌다 이렇게 된 건지 지성은 도저히 알 수 없었다.

모든 계획이 착착 맞아떨어졌다.

'흑룡'에게 승리를 거두었다면 이런 꼴을 당할 이유도 없었을 것이다.

아니, 그 이전에 그런 자들과 한배를 타지 말았어야 했다.

'다 내 업보인가.'

욕심을 낸 죄.

후회스러웠다.

버그 플레이어들과 손을 잡으면서 그들을 자신의 입맛대로 굴릴 수 있을 거라 생각했다.

실제로 그렇게 되었다.

그의 능력은 대단했고, 간부직까지 금방 올라갔다.

버그 배급 담당을 하게 되며, 휘하에 많은 부하를 거늘었다.

그러나 알딘의 등장으로 모든 게 수포로 돌아갔다.

'어디서 그런 괴물이 나타났을까?'

처음 알딘이 이름을 알릴 때만 해도 평범하게 아래에 두 년 쓸모 있는 부하가 되셨구나 정도였다.

그 이름이 점점 커질 때도 약간의 팬심만 있을 뿐이었다.

한데 버그 플레이어들이 그의 손에 속수무책으로 쓰러졌다.

버그 아이템이 운영진에 넘어가고 대대적인 수사망이 펼쳐졌다.

지성은 더 이상 미래가 없다고 판단했다.

'그래서 버렸지.'

과감하게 그들을 검찰에 넘겨 버렸다.

대놓고 넘기는 멍청한 짓은 하지 않았다.

살고 싶어 하는 하수인을 이용해 역으로 매장시켜 버렸다.

'둠스데이'에 들어간 것도 다 그 능력을 인정받았기 때문이었다.

물론 호조는 지성의 과거 전적을 알고 있어 크게 신용하진 않았으나, 그것도 잠시일 뿐이었다.

지성은 지금도 생각한다.

나는 범인이 아니라고.

천재이며, 세상을 오시하기 위해 태어났다고.

"그저 알딘이란 더한 괴물 때문에 몰락했을 뿐."

지성은 추격자들을 따돌렸다 생각했는지 벽에 기대어 앉았다.

왼쪽 하복부에 제법 깊은 자상이 났다.

지혈은 최대한 했지만, 꿰매지 않는 이상 출혈이 멈출 것 같지 않았다.

"좆 같은 인생이야."

화려했던 과거가 무색하게 지금의 자신은 나락의 구렁텅이를 헤엄치고 있다.

"그 새끼들… 집요해."

지성은 추격자들을 떠올렸다.

그들은 한때 버그 플레이어 집단에 몸을 담은 이들이었다.

그곳에서 어떻게든 살아남은 이들이 배신자인 자신을 죽이려 하고 있었다.

이래서 '둠스데이'가 패배했으면 안 되었다.

단단한 방패가 되어 이들에게 나를 지켰어야 한다.
지성은 그 생각을 떨쳐 낼 수 없었다.
'해외로 튈 수만 있으면 되는데.'
이미 집은 그들에게 점거당했다.
놈들의 뒷배는 상당히 돈이 많고 세계적으로 노는 범죄 집단으로 알고 있다.
홀리 가디언이 세계적인 게임인 만큼 해외로 튀어도 잡힐 가능성은 농후했다.
하지만 지금 당장의 위기는 피할 수 있으니 그걸로 족했다.
"다시… 다시 가자."
언제 또 나타날지 모른다.
개 코라도 날렸는지 그들은 지성을 끊임없이 찾아냈다.
지성은 힘겹게 걸음을 옮겼다.

✢ ✢ ✢

날이 어둑어둑 저물어 간다.
지성은 북한산 방향으로 하염없이 걸었다.
상처를 떠안은 채 몇 시간을 걸었더니 이대로 죽을 수도 있겠다 싶었다.
그렇게 비틀비틀 걷길 또 얼마나 흘렀을까.
고소한 냄새가 코끝을 자극했다.

밥 짓는 냄새였다.

꼬르륵- 배가 우렁차게 진동했다.

"밥……"

지성은 홀린 사람처럼 그곳으로 걸어갔다.

경기도 외곽에 있는 작은 마을이었다.

이런 곳에 왜 이런 마을이 있는지 잘 모르겠으나, 생각해 보면 도시에 사는 자신이 그런 걸 어떻게 알겠는가?

그는 일단 마을로 들어갔다.

시간이 시간인지라 마을 곳곳에서 밥 냄새가 풍겨 왔다.

꼬르르르륵-

"젠장……"

다짜고짜 집에 찾아가서 밥 한 끼만 달라고 하고 싶지만, 그렇게까지 추해져야 하나 싶었다.

그의 마음속엔 아직도 같잖은 자존심이 남아 있었다.

한때 높은 주가를 달렸다는 그 과거에서 벗어나지 못한 것이다.

지성은 눈을 감고 몸을 돌렸다.

그때였다.

"총각, 상태가 왜 이래?"

머리를 곱슬곱슬 볶은 할머니가 지성을 발견한 것이다.

할머니는 한걸음에 다가와 지성의 상태를 살폈다.

"대체 왜 이렇게 다친 거야? 안 아파?"

"그, 그게."

갑작스러운 상황에 지성은 당황했다.

어떻게 대답을 해야 하나 머릿속이 혼란스러울 때 할머니가 말했다.

"따라 들어와. 좀 씻어야겠네."

지성은 생각했다.

이런 시골 같은 마을에 사는 노인들은 죄다 사투리를 쓸 것 같은데, 표준어를 쓰는 분도 있구나라고.

✧ ✧ ✧

할머니의 호의로 지성은 샤워를 할 수 있었다.

화장실도 생각보다 최신식이었다.

"화장실 좋지? 하나밖에 없는 아들놈이 제 어미 편하라고 리모델링인가 해 줬어."

"화장실 정말 멋집니다."

화장실이 정말 멋지다니.

자신이 생각해도 웃긴 말이었다.

좋아 봐야 화장실이 화장실이지, 뭐가 멋지단 말인가.

지성은 실없는 생각을 하며 물을 틀었다.

온수는 생각보다 금방 나왔다.

미지근한 물로 상처 부위를 조금씩 닦았다.

"큭."

상처가 제법 깊은 터라 물이 조금 닿았을 뿐인데 정신이 혼미해질 것 같았다.

지성은 아랫입술을 깨물고 조심스럽게 샤워를 마쳤다.

수건으로 몸을 닦고, 할머니가 아들이 입던 옷을 내주어 편하게 갈아입었다.

"상처 좀 봐. 어머, 어머! 세상에! 대체 어쩌다 이렇게 됐대?"

"사정이……."

"말하기 힘든 거면 안 해도 돼. 일단 약부터 좀 바르자고."

새살이 돋는 연고를 상처 부위에 솔솔 발랐다.

이런 걸 바른다고 회복될 상처는 아니지만 지성은 플라시보 효과라도 믿어 볼 작정이었다.

붕대를 다 써 버릴 정도로 돌돌 감았다.

다행히 집에 하나씩 있는 구조 용품이 있어 응급처치는 수월했다.

"정말 감사합니다. 이 은혜를 어떻게 갚아야 할지."

"은혜는 무슨. 사람끼리 다 돕고 사는 거지."

"……."

돕고 산다는 말에 지성은 대답하지 못했다.

항상 남을 구렁으로 밀어 가며 삶을 연명해 온 자신이다.

저 말에 수긍한다면 구제받을 수 없는 쓰레기가 되고 말 것이다.

"밥이나 먹어. 차려 놨으니까."

"바, 밥이요?"

어쩐지 바깥에서 고소한 된장찌개의 냄새가 났다.
꼬르륵-
배에서 또다시 신호가 왔다.
지성은 다급히 배를 붙잡았다.
얼굴이 서서히 벌게졌다.
할머니는 씩 웃으며 말했다.
"가서 먹자고."

✤ ✤ ✤

할머니도 이제 저녁을 먹으려 했다며 같이 밥상에 앉았다.
반찬은 단출했다.
된장찌개 하나랑 김치, 깻잎 절임, 고봉밥.
찌개엔 두부랑 호박이 잔뜩 들어가 있었다.
"먹어."
할머니가 먼저 한 숟갈 떴다.
지성은 그녀의 눈치를 보다가 조심히 밥을 떴다.
바로 한 입 먹고 찌개 역시 한 숟갈 마셨다.
짜고 고소한 된장의 풍미와 부드러운 두부의 식감, 여러 곡식을 섞은 잡곡밥의 쫄깃함.
숟가락을 든 손이 미약하게 떨렸다.
지성은 입 안의 음식물을 씹지 못하고 턱 주름이 오목하게 잡힐 정도로 입술에 힘을 주었다.

눈앞이 흐릿해졌다.

물기가 느껴졌다.

볼을 타고 흐르는 간지러움이 느껴졌다.

"처, 청년?"

"……."

지성은 울었다.

평범한 밥과 찌개일 뿐인데 속 안에서 끓어오르는 슬픔을 도저히 견딜 수 없었다.

어쩌다 이런 처지가 된 건지.

후회하고 또 후회했다.

지성은 눈물 콧물로 범벅이 된 밥을 말없이 꾸역꾸역 먹었다.

맛있었다.

지금까지 먹어 본 그 어떤 밥보다 최고로 맛있었다.

"자고 가지 그래."

"아닙니다. 밥까지 얻어먹었는데 그럴 수는 없죠."

"그래도 늦었어."

"괜찮습니다. 다시 한 번 정말 감사합니다."

"그럼 잠깐만."

할머니는 기다리라며 주방으로 걸어갔다.

지성이 고개를 갸웃거리며 그녀를 기다렸다.

잠시 후 할머니가 분홍색 보따리를 들고 나타났다.

"이거 가져가."

"이건……?"

"약이랑 붕대랑 물이랑 약간의 먹을 거. 한 끼 정도는 먹을 수 있을 거야."

"이런 걸 받아도 될지……."

"됐어. 그리고 무슨 일인지 모르겠지만 어여 집에 들어가. 집이 최고야, 최고."

연신 따봉을 해 보이는 할머니.

지성은 희미하게 웃으며 고개를 끄덕였다.

✥ ✥ ✥

지성은 마을을 벗어나 산의 외곽을 타고 크게 돌았다.

할머니 집에서 하루 묵어도 되겠지만, 추격자가 어디 있을지 모르니 여유를 부릴 수 없었다.

혹여나 잤다가 할머니한테까지 피해가 갈 수 있다.

은혜를 갚진 못할망정 절대 피해를 줄 수 없었다.

"후우."

그래도 씻고, 따뜻한 밥도 잔뜩 먹었더니 체력이 꽤 남아돈다.

잠까지 잤다면 좋았겠지만, 지금 자신에게 잠은 사치에

Chapter 5 • 285

불과했다.
 지성은 하늘을 보았다.
 오늘은 보름달이라 밤이어도 나름 밝았다.
 "꽃이 많네."
 이름 모를 꽃들이 밤바람에 살랑인다.
 그는 하얀색 꽃을 뽑았다.
 가운데가 노랬는데 역시나 이름은 모른다.
 지성은 꽃을 살랑살랑 흔들었다.
 "나도 이런 식물로 태어났으면 복잡하게 살지 않았을라나."
 웃기는 망상이었다.
 사람으로 태어나서가 아니라 그냥 나 자체가 누군가를 이용해 먹기를 타고났다.
 지성은 풀밭에 그대로 드러누웠다.
 이젠 어디로 가야 할까.
 할머니의 말대로 집으로 돌아가고 싶어졌다.
 사실 그에게 집은 휴식처가 아니었다.
 그냥 캡슐 놓을 곳이 필요하니 있을 뿐이다.
 '그만 가자.'
 풀밭에 누워서 궁상떠는 것도 우습다.
 최대한 추격자들이 찾지 못하는 곳으로 가야 한다.
 마음 같아선 머리 밀고 절이라도 들어갈까 싶었다.
 아니면 군대로 도피를 할까?

뭐가 됐든 안전이 확보되었을 때나 할 수 있는 고민이다.
"여- 이지성이!"
그때 소름 끼치는 목소리가 지성을 불렀다.
눈앞에 천적을 둔 개구리처럼 지성은 움직일 수 없었다.
그저 머릿속에서 오만 생각이 다 들었다.
대체 어떻게 이곳을?
언제부터 있었지?
설마 잠시 머물렀던 마을에 피해가 간 건 아니겠지?
'제발.'
마른침이 꼴딱 넘어간다.
지성은 최대한 침착하게 몸을 돌렸다.
그곳엔 5명의 검은 정장을 입은 남자들이 서 있었다.
하나같이 험악하게 생겼는데, 모두가 '나 상폐요~'라고 써 있는 것 같았다.
그중 두목으로 보이는 자가 입을 열었다.
"여길 어떻게 찾았나 싶지?"
"……."
"그러게, 어떻게 찾았나 몰라. 설마 이런 산골까지 올 거라곤 상상도 못했지 뭐야. 안 그러냐, 얘들아?"
"그렇습다, 형님. 아주 쥐새끼 한 마리가 잘도 쏘다닙니다."
"그치? 아주 개엿 같은 놈이야, 그냥. 조직을 팔아넘긴 거로도 모자라 우리까지 엿 먹이고."

Chapter 5 • 287

그러면서 웃음을 거두고 다시 지성을 본다.

길게 찢어진 눈은 마치 맹수의 눈을 보는 것 같았다.

"여기까지야. 애초에 네 몸에 GPS 같은 게 있을 거라곤 생각 못했어?"

"GPS……?"

"아까 몸싸움 벌어졌을 때 인마, 기억 안 나?"

"그게 무슨 개소리……."

개소리라고 말하려다 문득 낮의 일이 떠올랐다.

칼에 막 맞기 전, 저들과 어느 정도 실랑이를 벌였다.

그때 자신의 몸을 이곳저곳 만지던 놈이 하나 있었다.

'설마 그때?'

"그래, 그때."

마치 생각을 읽기라도 한 듯 머리를 빡빡 민 남자가 말했다.

'저 녀석이야.'

몸 이곳저곳을 만진 놈.

하지만 옷을 입고 있었기 때문에…….

"너네 설마."

GPS를 부착했을 거라면 분명히 옷에 했을 것이다.

그리고 그 옷은 할머니 집에 두고 왔다.

"에이, 우리도 그렇게 쓰레기는 아니야."

"지, 진짜야?"

"아니면 지금이라도 가서 어떻게, 죽이고 올까?"

두목의 말에 지성이 흠칫 떨었다.

한편으론 다행이라 생각했다.

지성이 안도의 한숨을 내쉴 때 두목이 웃으며 말했다.

"그런데 내 말을 믿어?"

"…뭐?"

"구라일 수도 있는 거잖아."

"무, 무슨 말이지?"

"못 알아듣는 척은. 뭐, 됐고. 저 새끼 죽여."

"잠깐! 그분 건드린 거 아니지? 건드렸으면 너 죽여 버린다!"

"새끼가! 너 때문에 죽은 애들이 몇 명인데! 진짜 고통스럽게 죽여 준다?"

"이 개새… 크헉!"

"닥쳐!"

지성이 악을 쓰고 발악하려 하자 깡패들이 그를 흠씬 두들겨 패기 시작했다.

일방적인 폭행이었다.

애초에 싸움 같은 게 성립할 수가 없었다.

'젠장! 젠장!'

지성은 몸을 웅크린 채 이를 악물었다.

전신에서 느껴지는 고통보다 할머니가 어떻게 됐으면 어쩌지라는 생각이 머리를 지배했다.

'안 돼. 절대 안 돼!'

지성이 몸을 크게 흔들며 4명을 뿌리쳤다.
…라고 생각했다.
푹-
"지금까지 남들 밟고 올라갔으면, 너도 밟힐 생각은 하고 살았어야지."
"끄윽……."
지성은 복부에서 느껴지는 통증에 정신이 아득해지는 것 같았다.
칼이 뽑혔고, 두어 걸음 뒤로 물러나 그대로 무릎을 꿇었다.
멀지 않은 곳에 흙으로 더러워진 분홍색 보따리가 보였다.
그 위로 하얀 꽃이 바람에 흩날리고 있었다.
'아.'
참 뭣 같은 인생이었다.
할머니, 죄송합니다.
지성의 머리가 바닥에 처박혔다.
"가자."
"그 할머닌 처리 안 해도 됩니까?"
"미친놈아, 일반인을 왜 건드려?"
두목은 헛소리하는 부하의 뒤통수를 후려치고 사라졌다.
인적 드문 밤의 산 외곽.

그곳에서 지성은 싸늘한 주검이 되었다.
하얀 꽃이 흩날려 그의 옆으로 날아왔다.
그리고 꽃잎이 피에 닿아 새빨갛게 적셔졌다.
그렇게 붉은 꽃이 되었다.

이른 아침.
새벽바람을 맞으며 오랜만에 산책을 나왔다.
원래라면 지금이 잘 시간이지만, 얼마 전 발리 여행을 다녀오고부터 밤낮이 바뀌어 정상 패턴으로 돌아왔다.
"상쾌하네."
이젠 완연한 봄이 되었다.
벚꽃은 슬슬 필 준비를 하고 있고, 두껍게 껴입고 다니던 사람들은 한풀 벗은 차림새로 이른 출근길을 향한다.
나는 뒷목을 문지르며 천천히 한강 산책로를 걸었다.
가슴 한편이 먹먹해지는 새벽 공기는 오랜만이라 숨을 크게 들이켰다.
"가끔은 새벽에 돌아다니는 것도 괜찮겠어."
물론 자고 일어났을 때의 얘기지만.
자기 전 새벽 공기와 깨어난 직후 맡는 새벽 공기는 확실히 다르다.
언제 또 밤낮이 바뀔지 모르니 지금 순간을 만끽해야 한다.

"레아는 정오쯤에 나간다고 했지?"

한창 꿈나라일 테니 아무래도 밥은 혼자 먹어야 할 듯싶다.

간만에 김밥왕국에라도 가서 끼니를 때울까?

나쁘지 않을 것 같다.

내가 한창 알바로 생을 연명하던 시기에 김밥왕국은 인생의 파트너였다.

항상 일이 끝나면 김밥 한 줄을 사 들고 집에 갔다.

여유가 있는 날은 치즈 돈가스나 라볶이에 김밥을 먹었다.

"아, 회귀한 것까지 생각하면 김밥왕국 안 간 지 벌써 15년도 더 됐네."

항상 바쁘게 사니 많은 걸 잊고 지냈다.

이럴 게 아니라 바로 가 봐야겠다.

오랜만에 김밥을 먹을 생각을 하니 군침이 돌았다.

인당 수십만 원짜리 스시 오마카세나, 최고급 한우, 호텔 레스토랑 등에 비하면 아무것도 아니지만, 김밥은 김밥만의 맛이 있는 법이다.

'참치김밥을 먹자. 아침이니까 튀김은 너무 과하니, 그래. 제육볶음도 같이 먹자.'

나중에 생각해 보니 제육볶음이나 돈가스나 거기서 거기란 생각이 들었지만, 아무렴 어떤가.

나는 정말 오랜만에 가벼운 발걸음으로 김밥왕국에 갔다.

※ ※ ※

 오랜만에 들른 김밥왕국은 여전했다.
 하긴 워낙 오래된 가게라 내가 다니던 때나 지금이나 큰 차이가 있을 리 없었다.
 이곳에서 일하시는 아주머니들은 많이 바뀌었는지, 알던 분들은 한 명도 안 보였다.
 회귀를 안 따지더라도 10년 전이다.
 그 정도면 일하는 사람이 수 번은 바뀌었을 것이다.
 "제육이랑 참치김밥 하나 주세요."
 매콤한 음식엔 느끼한 게 잘 어울리지.
 매콤한 제육 한 입에 마요네즈가 잔뜩 들어간 참치김밥 하나면 밸런스가 아주 좋다.
 밥+밥 조합이지만 뭐 어떤가.
 맛만 있으면 그만이지.
 나는 항상 앉던 곳에 앉았다.
 24시간 켜져 있는 TV가 가장 잘 보이는 곳.
 리모컨도 마음대로 조작할 수 있지만, 아침을 먹으러 온 사람들이 꽤 있어 독점은 불가능했다.
 '아침 드라마도 괜찮지.'
 사실 괜찮고 자시고 드라마를 안 봐서 내용 자체를 모른다.
 상관은 없다.

원래 식당 TV는 내용을 몰라도 그냥 보는 맛이 있는 법.

…는 개뿔.

재미없다.

'에휴!'

막상 와 보니 추억은커녕 별생각이 안 들었다.

나는 스마트폰을 들여다보며 하염없이 인터넷이나 돌아다녔다.

그러길 10분이 지났을까.

제육볶음이랑 김밥이랑 함께 나왔다.

혼밥할 땐 누구한테 잘 먹겠다고 인사할 필요가 없다.

바로 숟가락을 들고 한술 떴다.

조금 담겨 나온 김치도 하나.

김밥 하나.

단무지 하나.

입 안에 한꺼번에 넣는 걸 선호하는 편이라 순식간에 개구리처럼 양 볼이 볼록해졌다.

우물우물-

'맛있네.'

저렴한 MSG의 맛은 여전했다.

김밥의 고소함도 그대로였다.

특히 마요네즈로 비빈 참치의 식감은 말랑말랑해서 기분이 좋았다.

식사는 순식간이었다.

휴지로 입을 대충 닦고 계산을 했다.
"잘 먹고 갑니다."
"다음에 또 오세요~"
식당을 나오자 밖은 완전히 밝아져 있었다.
위잉- 위잉-
그때 휴대폰이 진동했다.
레아였다.
"어."
(아침 댓바람부터 어딜 갔어요?)
"산책 나왔어."
(어울리지 않게 웬 산책?)
"그냥 눈도 일찍 떠지고 그래서 나와 봤지."
(언제 올 선데요?)
"지금 가려고."
(올 때 탄산수 좀 사 와요. 다 떨어졌어.)
"알겠엉."
(사랑해요~)
"나도."
레아와 결혼한 지도 벌써 몇 년이 됐나.
생각해 보면 나란 놈은 운 하나는 기똥차게 타고난 것 같다.
레아란 여자를 만났으니까.
뭐, 첫 만남이 그렇게 좋았다고 할 수는 없지만.

'그 시절엔 여자 친구… 같은 게 있었으니까.'

걘 뭘 하고 살까?

좋게 헤어진 게 아니라서 그립거나 이런 건 단 1도 없다.

하지만 나름 정이 쌓였던 만큼 그녀의 안부가 궁금은 했다.

알 수 있는 방법이야 찾아보면 많겠지만, 그렇게까지 하고 싶진 않았다.

"잘 살고 있겠지. 집이나 가자."

조금 졸린데 가서 한숨 더 자야겠다.

라고 생각하며 신호등에 앞에 멈춘 순간.

"어."

"어."

맞은편 길가에 셀리느.

정혜지가 서 있었다.

"오랜만이네."

"그러게."

우리는 어쩌다 보니 인근 카페에 들어오게 되었다.

원래는 그냥 인사만 하고 헤어지려고 했는데, 서로가 어버버 하다가 자연스럽게 이곳으로 들어왔다.

나는 살짝 떨떠름했지만, 그건 정혜지도 마찬가지인 모

양이었다.

그녀의 복장을 보니 아무래도 출근길인 모양이었다.

"바쁜 사람 괜히 붙잡은 건 아닌가 모르겠네."

"아니야. 딱히 오빠가 붙잡은 것도 아니고."

사실 확인 감사.

나는 따뜻한 녹차를 한 모금 마셨다.

"여기 근처에 사는 거야?"

"으응. 얼마 전에 이사 왔어."

"직장 주변으로 이사 온 거구나."

"그렇지, 뭐."

"……."

"……."

끔찍한 정적이 찾아왔다.

나는 말없이 커피를 홀짝이는 정혜지를 눈동자만 굴려서 힐끔 쳐다봤다.

그녀도 똑같은 행동을 하고 있던 터라 시선이 마주쳤다.

"흠흠! 고생이 많네."

"오빠는 요즘 뭐 해? 은퇴했다는 얘긴 들었는데."

"그냥 뭐, 레아랑 여행 다니면서 살고 있지."

"레아?"

"응. 스네이크."

그 말에 정혜지의 눈이 휘둥그레졌다.

설마 그녀의 이름이 나올 줄 몰랐다는 듯 눈동자가 흔들렸다.

그 모습을 보니 고개가 기울어졌다.

"왜?"

"아, 아니. 그분이랑 잘됐구나."

"어쩌다 보니까 그렇게 됐네."

"다행이네."

"다행은 무슨. 너는 만나는 남자 있어?"

이건 예의상 한 질문이었다.

정혜지의 왼손 약지엔 이미 반지가 하나 들어가 있었다. 그녀가 오른손으로 숨기듯 반지를 감쌌다.

"그럴 필요 없어. 우리가 헤어진 지 벌써 몇 년이 됐는데."

"그건 그렇지."

"서로에게 좋은 사람 만난 거면 된 거야."

예전이라면 이런 말 못했겠지만, 7년이 넘는 세월이 흘렀다.

서로에게 잊혀도 한참은 잊혔을 시간.

냉정할 법한 말이지만, 추억이 된 시점에서 차라리 속 편해지는 말이기도 했다.

정혜지가 입꼬리를 슬며시 들어 올렸다.

"내가 좋다고 달려들었는데, 사람 일은 참 모르는 것 같아. 헤어진 직후에도 한동안 그런 생각만 하고 지냈던 것 같아."

"사람 관계란 게 그런 거지."

"나 결혼해."
정혜지가 웃으며 말했다.
나도 마주 웃어 주며 대답했다.
"축하해."
과거는 시간이 흐르면 추억이 된다.
그리고 추억이 된 과거는 많은 걸 회복시켜 주기도 한다.

✣ ✣ ✣

"탄산수 사 왔어요?"
"우리 여왕님이 뭘 좋아할지 몰라서 다 사 왔쥐~"
"역시 우리 남편이라니까!"
레아가 한달음에 달려와 품에 안겼다.
"넘어져! 넘어져!"
"안 넘어져!"
"하하하!"
레아를 품에 안고 소파로 걸어가 그대로 내동댕이쳤다.
"넘어진다고, 가시나야."
"끄응."
"나 오는 길에 셀리느 만났다?"
"뭐?"
레아가 눈에 보일 정도로 놀란 표정을 지었다.
"그, 그, 그 여자를 만났다고?"

"어. 세상 좁더라. 집 오는 길에 만났어."
"…뭐, 뭐라든?"
"뭐라기는, 그냥 서로 안부만 물었지. 결혼한다더라."
"오, 오빠는 괜찮아요?"
"뭐가?"
"아니, 그……."
레아는 불안함 반, 걱정 반 얼굴로 조심스럽게 물어 왔다.
나는 피식 웃으며 레아의 머리를 헝클었다.
"나한텐 네가 있는데 걔가 누구랑 결혼하든 무슨 상관이야?"
"오빠."
"빨리 준비나 해. 오늘은 일찍 나간다며."
"아직 아침 7시예요."
"아하."
괜히 머쓱해졌다.
민망함에 내가 뒤통수를 긁적이자 레아가 피식 웃으며 말했다.
"영화나 볼까요? 저 한국 영화관 너무 좋아요."
한국은 편의 시설이 외국에 비해 정말 잘되어 있다.
조금 더 잘 생각이었는데, 귀여운 와이프의 부탁이라면 못 들어줄 것도 없다.
"뭐 볼 건데?"
"찾아보죠, 뭐."

레아는 휴대폰을 살랑살랑 흔들며 웃었다.

✥ ✥ ✥

레아를 출근시키고 캡슐을 열었다.
말이 캡슐이지 이건 그냥 작은 집이었다.
푹신한 쿠션 위에 몸을 누였다.
캡슐 문이 닫히자 세상이 넓어지며 새파란 하늘이 모습을 드러냈다.
"접속."
메탈리즘사는 캡슐을 업그레이드시키며 불필요한 프로그램을 최대한 줄였다.
첫 캡슐에 비교하면 최적화가 장난 아니게 살뇌어 있다.
눈을 한 번 감았다 뜨니 세상이 변했다.
울창한 수림 한복판에 놓인 광활한 에메랄드빛 호수가 나타났다.
나는 호수에 발을 담근 채 있었다.
"여기 뭔가 새벽 공기랑 느낌이 비슷하네."
이곳은 이틀 전 레아와 함께 여행하다가 발견한 이름 모를 드루이드의 숲이었다.
"아저씨!"
그때, 어린 드루이드의 목소리가 들려왔다.
"바란이구나."

"아저씨, 어디 갔다 왔어요?"

바란은 이제 두 살이 된 정말 어린 드루이드였다.

드루이드는 태어나고 한 달만 있으면 5살 아이 정도 크기로 순식간에 성장하는데.

10살이 되면 10살 아이 정도 크기로, 20살이 되면 그때부터 성인의 모습을 영구적으로 유지한다.

바란은 무릎보다 살짝 큰 어린아이 크기의 드루이드였다.

"아저씨 집에 갔다 왔지."

"모험가들은 신기해요. 집에 갈 때마다 사라져. 신기해!"

"아무렴, 신기하고말고."

"레아 아줌마도요?"

"아줌마도."

"아줌마는 어디 갔어요?"

"아줌마는 일 갔지."

"모험가는 일하는구나."

바란이 순진한 얼굴로 고개를 끄덕였다.

새로운 지식을 습득했을 때 표정이었다.

드루이드에게 일이란 개념은 희박하다.

그들은 자연을 벗으로 삼고 숲을 수호하며 살아간다.

엘프와 비슷하지만 엘프처럼 마을을 짓지 않았다.

엘프보다 더 자연에 가까운 존재.

그것이 바로 드루이드란 종족이다.

"아빠가 아저씨 오면 좀 불러 달래요."

"하이칸이?"

"넴."

"그래. 가 보자."

바란의 머리를 쓰다듬고, 그들이 사는 동굴로 향했다.

길이 없는 숲을 거닐 때마다 새 지저귐이 귀를 간지럽혔다.

달콤한 수액의 냄새가 곳곳에서 풍겼다.

"그런데 아저씨, 오늘 좋은 일 있어요?"

"응. 기분이 좋네."

이제 와서는 별게 아니지만, 나름 답답하다 여겼던 게 해소되니 시종일관 미소가 지어진다.

바란은 그게 신기한지 멀뚱멀뚱 나를 올려다봤다.

그 모습이 귀여워 바란의 겨드랑이에 손을 끼워 넣었다.

"웃차!"

"어어?"

머리 위로 든 바란을 목에 태웠다.

"우와!"

"가자!"

"네!"

마른 낙엽을 밟으며 활기차게.

오늘도 나는 걷는다.

오늘도 나는 살아간다.

많은 것들을 경험하며, 많은 사람을 만나며.

"알딘!"

"여- 하이칸!"
"아빠!"
그렇게 살아간다.
"맛있는 냄새 난다."
"밥이다!"
"달려가자!"
언제고 힘든 일이 닥칠지 모르는 일이지만.
"때마침 올 것 같았네. 와서 들지. 산양을 잡았어."
"그거 맛있겠는걸?"
"고기! 고기!"
그래도 살아간다.

✠ ✠ ✠

광활한 평원.
군단급 병력이 대열을 이룬 채 웅장한 자태로 포진해 있었다.
전면엔 롱 쉴드를 앞세운 창병 대대가.
그 뒤엔 반격 준비가 철저한 보병 부대가.
또다시 그 뒤엔 온갖 활로 무장한 궁병 부대가.
마지막으로 최소 인원으로 구축되어 있는 마법 병대가.
그 수만 어림잡아도 수만 명.
당연한 말이지만 그들은 모두 새하얀 갑옷으로 통일되어

있었다.

그리고 왼쪽 가슴엔 특별한 문장이 하나 새겨져 있었다.

가운데 놓인 행성과 그 주위를 배회하는 위성, 양옆으로 넓게 펼쳐진 세 쌍의 천사 날개.

그것은 홀리 가디언의 제작사인 메탈리즘사의 로고였다.

그때, 최전방에 백마를 타고 선 남자가 절도 있는 동작으로 착검했다.

"전군!"

남자의 목소리가 쩌렁쩌렁하게 울려 퍼졌다.

"준비하라!"

처저적!

위로 솟구쳤던 창이 방패들 사이로 파고든다.

동시에 땅이 격렬하게 흔들리기 시작했다.

현 군단의 총사령관 가이덴은 우묵한 눈으로 전방을 주시했다.

그의 얼굴은 예전과 달리 주름이 조금씩이나마 자리를 잡고 있었다.

"승리가 있으라."

성검이 빛을 뿜었다.

군단을 향해 몰려오는 새까만 덩어리들.

검은 마기를 풀풀 풍기며 천지를 진동시킨다.

하지만 누구도 겁먹지 않았다.

각자의 무기를 쥔 채 언제고 달려들 준비를 끝마쳤다.

"돌격!"

쾅-!

거센 충돌이었다.

빛과 어둠이 뒤섞이며 전쟁이 시작되었다.

☩ ☩ ☩

메인 스트림 20th.

라스트 워(Last War).

홀리 가디언의 최종장을 장식하는 거대한 전쟁이 드디어 끝을 고하려고 하고 있다.

지상 측에는 7영웅을 필두로 한 모든 종족의 연합군이.

마계 측에는 마계를 완벽하게 평정한 최강의 마왕이자 플레이어인 타가스기의 마왕군이 모든 걸 불사를 기세로 충돌했다.

훗날 임페리얼 평원 전쟁이라 명명될 이 전쟁은 전 세계에 동시 중계될 정도로 많은 주목을 받고 있었다.

하늘에 떠 있는 무적 버프를 두른 드론이 온갖 각도에서 전쟁을 영상으로 담았다.

치열하게 부딪치는 무기와 화려하게 쏟아지는 마법의 세례는 한 편의 영화를 완성시킬 정도였다.

하지만 무엇보다도 라스트 워의 대미는 용사 가이덴과 마왕 타가스기의 격돌이었다.

햇수로만 10년.

본격적인 지상VS마계의 구도가 잡히면서 두 사람은 떼려야 뗄 수 없는 라이벌 구도가 되었다.

지금도 최상급 화질의 드론 열 기가 그들의 격돌을 최선을 다해 담고 있었다.

"실력 좀 많이 늘었네?"

"너는 좀 떨어진 것 같다?"

성검과 마검이 충돌했다.

빛과 어둠의 파장이 주변을 휩쓸었다.

둘 다 최상급 신격이었다.

가지고 있는 힘을 지상이 버틸 수 없었다.

사소한 격돌에 지형지물이 바뀌었다.

그들은 전투 장소를 하늘로 옮겼다.

공기가 일그러지고, 구름이 찢겨져 나갔지만 전투를 멈추지 않았다.

그런 격렬한 사투 속에서 그들의 대화는 조금 이상했다.

"샌슨 형네 이번에 아들 낳았대."

"들었어. 오라던데?"

"양심도 없지. 미국까지 어떻게 가?"

그들은 서로를 죽일 듯이 검을 휘둘렀지만, 대화 내용은 지인의 소식들이었다.

참고로 샌슨은 메제스의 본명이었다.

"요즘은 금방 가지."

"형, 진짜 가게?"
"가서 한동안 쉬고 오면 좋지, 뭐."
"흠."
창식이는 살짝 고민한 얼굴이 되었다.
가이덴은 그 틈을 놓치지 않고 성검을 찔러 넣었다.
빛이 폭발했다.
하나 솟구치는 마기가 빛을 흔적도 남기지 않고 집어삼켰다.
"맞다. 혜지 누나도 얼마 전에 애 낳았다더라?"
"너 걔랑 연락해?"
"가끔 안부 정도만?"
벌써 까마득하다고 표현해도 좋을 과거에 알던의 연인이었던 셀리느의 소식을 그에게 듣게 될 줄은 몰랐다.
가이덴이 황당한 표정을 짓고 있을 때 이번엔 창식이가 매서운 공격을 가했다.
쾅-!
가이덴은 어렵지 않게 검을 흘려 공격을 막았다.
그 과정에서 지대한 충격파가 발생해 지상까지 영향을 끼쳤지만 두 사람이 알 바는 아니었다.
"제로스 소식 들었냐?"
"나는 모르지. 형은?"
"나한테 다 떠넘기곤 사라졌어."
3년 전.

제로스는 연합군 총사령관이란 직책이 재미없다면서 가이덴에게 모든 걸 떠넘겼다.

일말의 소식도 안 들려오는 걸 보면 홀리 가디언을 접은 게 아닌가 싶었다.

쾅- 쾅쾅!

공기가 찌르르 울렸다.

신성력과 마기가 뒤엉키며 공간을 으깨 버렸다.

그렇게 드러난 차원 너머에서 수많은 팔이 지상으로 뻗어 왔다.

"어딜!"

"내 걸 왜 탐내!"

두 사람은 손들을 거침없이 토막 내 버렸다.

"그런데 여기가 왜 네 거야?"

"형보단 내가 세니까, 이젠 내 거나 다름없지."

"아주 웃기는 놈이네."

가이덴이 피식 웃었고.

"열심히 지켜보든가, 그럼."

창식이가 마주 웃었다.

다시 격돌이 시작되었다.

한 치도 양보하지 않는 처절한 2차전이 시작된 것이다.

물론 대화는 그대로 이어지고 있었다.

"아, 시로네 소식 들었다."

"아니, 그 사람이랑 지금도 연락해? 형 찼던 여자잖아."

"얌마… 언제 적인데 그게."
"하긴 지금 형수님은 모를라나?"
"요 자식이 멘탈 공격은!"
"오우!"
일직선으로 휘두른 성검을 가볍게 회피한 창식이 장난스러운 미소를 지었다.
"그런데 무슨 소식인데요?"
"결혼한대."
"예? 맨날 교단에 짱 박혀 살던 히키코모리가요?"
"히키코모리가 뭐냐, 히키코모리가!"
"자, 잠깐!"
가이덴이 날린 큰 공격에 당황한 창식이가 급히 20중 보호막을 촘촘하게 겹쳐서 펼쳤다.

콰가가가각-!

"와! 진짜 큰일 날 뻔했네."
20중 보호막 중 단 하나만을 남기고 모든 보호막이 파괴됐다.
"아니, 방금은 너무한 거 아니요?"
"너무하기는!"

쩡-!

"칫!"
"전에 비해 많이 약해진 것 같다?"
"약해지긴!"

마왕의 기파가 뿜어져 나왔다.

가이덴은 용사의 영혼을 끌어내 빛의 파장으로 반격했다.

파지직!

희고, 검은 스파크가 벌떡거리며 튀어 올랐다.

"잠깐. 그러면 청첩장 받은 거예요?"

"미쳤냐?"

"그런데 어떻게 알았어요?"

"야, 이 바닥 돌고 돌면 다 한 다리 건너서 아는 사람들뿐이야."

"그건 그렇지."

상위권 유저쯤 되면 메인 스트림이든, 대형 레이드든 마주칠 수밖에 없다.

특히 찬시이나 가이덴 수준의 정점급의 유저리면 어지간하면 모두 다 알고 있었다.

거기다 시로네는 이곳에서나 히키코모리라고 욕먹지, 다른 유저들한텐 고고한 신성 기사라고 추앙받는다.

신비로운 회백색 머리카락에 외모까지 예쁘니 두터운 팬층까지 있었다.

"그 사람이랑 결혼하는 남자는 대체 누구야?"

"그냥 평범한 유저래. 회사 다니면서 취미로 게임하는."

"아, 진짜요?"

"그렇다더라고."

비록 게임에서의 인지도라지만, 그 게임이 홀리 가디언

이라면 얘기가 달라진다.

레벨이 높고, 네임드일수록 몸값이 높아지는 홀리 가디언에서 시로네는 충분히 상위권 유저였다.

그녀라면 돈도 충분히 벌었을 테고, 마음만 먹는다면 잘나가는 사업가나 연예인을 만날 수 있었다.

아니면 같은 게이머라든가.

하지만 그녀는 일반인을 만났다.

평범하게 취미로 게임을 하는.

"서운해요?"

"서운할 리가. 그냥 다행이란 생각이 드네."

고백했다가 까이긴 했지만 언제나 시로네를 안타깝게 생각해 왔다.

지금이야 많이 흐릿해진 추억이지만, 그녀 덕분에 홀리 가디언을 어느 정도 즐길 수 있었으니까.

지금 사실을 현 와이프가 알게 된다면 등짝을 세게 맞긴 하겠지만.

"네 말대로 히키코모리에서 탈출한 것만으로 된 거지."

"성장했네요."

"성장은, 자식아! 내일모레 마흔이다!"

쾅쾅쾅-!

요란하게 빗발치는 신성력의 폭풍에 창식은 살짝 어지러움을 느꼈다.

"나, 나이 갖고 뭐라고 했나?"

"닥쳐! 아직 젖비린내도 안 가신 꼬맹아!"

"저도 서른 중반이에요, 중반!"

쿵-!

영화처럼 교차한 두 자루의 검이 부딪치자, 검의 주인들이 반발력을 버티지 못하고 서로 반대되는 방향으로 날아갔다.

창식은 마기로 몸을 허공에 고정시켰다.

그는 뒷목을 문지르며 가볍게 스트레칭을 했다.

"아우, 삭신이야."

마왕의 천적인 용사답게 스펙은 분명 창식이 우월함에도 승부가 나지 않는다.

그렇다고 여유가 없는 건 아니었다.

오히려 여유가 없는 쪽은 가이넨이었다.

"후욱, 후욱."

그는 거친 숨을 최대한 규칙적으로 토해 냈다.

숨을 헐떡거리는 순간 페이스가 무너져 결국 패배로 직결될 테니까.

"슬슬 쇼부 치죠."

"쇼부는, 자식이! 승부라는 한국말 놔두고."

"쇼부나 승부나요!"

창식이 검은 궤적을 그리며 순식간에 가이덴에게 도달했다.

카가가각!

성검과 마검이 불똥을 튈 정도로 날카로운 선을 타고 미끄러졌다.
"맞다."
"또 뭐?"
"내일 제훈이 형 생일이네."
"어, 그렇네?"
　본명 윤제훈.
　알딘이란 닉네임으로 더 잘 알려진 그는 두 사람에게 누구보다 믿음직한 맏형이었다.
"전쟁 준비하느라 까맣게 잊고 있었어."
"저도 방금 갑자기 떠올랐어요."
　말하면서도 두 사람은 검 놀림을 멈추지 않았다.
"뭐 선물하지?"
"나는 뭐 선물하지?"
　두 사람은 고민하는 얼굴이 되었다.
　그래도 검은 멈추지 않았다.

"아빠아아!"
　양 갈래로 머리를 땋은 일곱 살 정도의 소녀가 중년인에게로 달려간다.
　중년인의 얼굴은 해를 등진 채라 그림자가 져 잘 보이지 않았다.

"우리 딸 유치원에서 이제 막 돌아온 거야?"

"네네! 오늘 해욱이가 이거 줬어여."

소녀는 엉망으로 구겨진 종이꽃을 가방에서 끄집어냈다.

볼품없고, 곳곳이 찢어졌지만 중년인은 환하게 웃으며 꽃을 받았다.

"우와! 해욱이가 우리 딸한테 준 거야?"

"막 나랑 결혼하자고. 그 꽃 주는 거랬어여. 나중에 이이이이이따만한 다이아몬드 반지도 준댔어여."

"아이구! 우리 공주님 부자 되겠네!"

"히히! 반지 받으면요, 나랑 아빠랑 엄마랑 이따만큼 큰 집으로 이사 가요."

소녀는 짧은 팔을 최대한 넓게 펼치며 커다란 원을 그렸다.

그런 소녀가 사랑스럽다는 듯 중년인은 소녀를 가볍게 들어 올렸다.

"웃차! 우리 공주님 덕분에 엄마 아빠 부자도 되고 좋겠네?"

"응응!"

"역시 우리 공주님밖에 없어."

"헤헤."

중년인의 칭찬이 좋았는지 소녀는 방실방실 웃었다.

"엄마는요?"

소녀가 아빠 품에 안긴 채 질문했다.

"엄마는 현홍이 데리고 마트 갔어. 우리 희진 공주님 맛있는 거 해 준대."

"잉! 오늘은 아빠 생일인데?"

소녀가 울상을 지으며 물었다.

보통 이 나이대 아이들은 맛있는 걸 해 준다고 하면 신나서 펄쩍 뛰는데, 희진이는 왜 아빠 생일에 자기가 맛난 걸 먹냐고 울먹였다.

중년인은 당황한 얼굴로 둥가둥가 몸을 흔들었다.

"아이구, 우리 공주님뿐이야! 아빠 생각해 주는 건."

"이이잉! 아빠 생일인데 아빠는 맛난 거 왜 안 먹어여. 왜?"

"아빠도 먹지요. 그런데 아빠는 우리 희진이가 먹는 모습 보는 게 훨씬 좋지."

"현홍이는?"

"당연히 현홍이도지."

"그럼 현홍이도 맛난 거 먹어여?"

"현홍이는 아직 애기라 안 돼요. 대신 현홍이는 맛난 이유식 먹지."

"글쿠나."

이해했다는 듯 희진이 다시 방실방실 웃었다.

중년인과 희진이 좋은 시간을 보내고 있을 때 바깥문 열리는 소리가 들렸다.

"우리 왔어요~"

"엄마 왔다."

"엄마아!"

중년인이 희진을 내려놓자, 작은 다리를 열심히 놀려 현관으로 달려갔다.

"우리 딸 왔어?"

"네에!"

"잠깐만. 현홍이 좀 내려놓고."

나이가 들었지만 여전히 아름다운 중년 여인, 레아가 싱긋 웃으며 말하자, 희진이 마주 웃으며 고개를 끄덕였다.

"일찍 왔네?"

"후딱이죠."

레아는 10년 넘게 한국에 살면서 그냥 한국인이 다 되었다.

일이 있을 땐 프랑스에 자주 가긴 했지만, 한국에 있는 시간이 압도적으로 높았다.

특히 아이가 생기면서 일도 최소한으로 하며 한국에서 평범하게 살아가고 있었다.

알딘, 아니 이제 오롯이 윤제훈으로 살아가는 그가 레아를 가볍게 안아 주었다.

"수고했어."

"수고는요. 당신 생일인데. 걔들은 온대요?"

"글쎄? 아직 전쟁이 안 끝났잖아."

두 사람은 음소거 된 채로 틀어져 있는 TV를 보았다.

그곳에선 생방송으로 지상군과 마왕군의 전쟁이 생생하게 중계되고 있었다.

"뭐, 오겠지."
"오랜만에 솜씨 좀 발휘해 볼까나?"
"도와줄게."
"됐어요. 생일 주인공은 푹 쉬어요. 뭣하면 애들 좀 보든가."
쿨하게 돌아선 레아를 보며 윤제훈은 참을 수 없다는 듯 꽉 끌어안았다.
"당신이 최고야."
"새삼스럽기는."
두 사람이 알콩달콩한 사랑을 나누고 있을 때 음소거 된 전쟁이 끝을 고했다.
화면 속에선 성검을 들고 있는 가이덴이 우렁차게 외치고 있었다.
『생일 축하해요, 형!』
물론 그 소리는 음소거가 되어 두 사람에게 닿지 않았다.

마침

어느 날 이세계로 떨어졌다.
집으로 돌아가기 위해 싸웠지만 허무하게 죽임을 당해야 했다.
그 순간 나타난 암흑신!
그와의 계약을 통해 복수할 기회를 얻었다.
나는 당연히 승낙했고, 이번에는 그것을 위해 싸우기로 했다.

2018년 대한민국 국민으로 살아가던 내가
무림이라는 이 말도 안 되는 세상에 떨어진 지 어언 30년.
알지도 못하는 세상으로 납치해
하루 이틀도 아니고 30년 넘게 무보수로 부려 먹어?
좋게 말할 때 밀린 봉급은 물론이고 퇴직금까지 다 토해 내라.

www.mayabooks.co.kr

www.mayabooks.co.kr